ŒUVRES DE
MILAN KUNDERA

米兰·昆德拉

——

著

董强

——

译

身份

L'IDENTITÉ

上海译文出版社

1

一家诺曼底海滨小城中的旅馆，是他们在一册旅游指南上偶然找到的。尚塔尔星期五晚上到，先独自过一夜，让-马克会在第二天中午与她会合。她将一个小行李箱放到房间里，出门在一些陌生的街巷转了一小圈之后，回到旅馆的餐厅。七点三十分，餐厅还空着。她在一张桌旁坐下，等人来招呼她。在餐厅的另一头，靠近厨房门的地方，两个女招待谈得正欢。尚塔尔讨厌提高嗓门说话，就起身穿过餐厅，在她们旁边停下来；但她们两人完全投入话题中去了："要知道，十年了。我认识这一家子。真可怕。一点儿线索也没有。一点儿也没有。电视里都讲了。"另一个接着说："他到底发生什么事了？""简直没法想象，这才叫可怕呀。""是谋杀？""四处全搜索遍了。""给绑架了？""谁会绑他？既没钱，又无权势。他的那些孩子和他老婆都上电视了。他们可绝望了。你想啊?"

这时候,她注意到了尚塔尔:"您知道电视上有个节目专门讲失踪的人,叫《杳无踪迹》?"

"知道。"尚塔尔说。

"您可能看到布尔迪厄一家发生的事了吧?他们是这儿的人。"

"看到了,真可怕。"尚塔尔回答说,因为她实在不知道该怎样把一个谈悲惨事情的话题转到平庸的吃饭话题上。

另一位女招待终于问道:"您是来吃晚饭的吧?"

"对。"

"我去叫餐厅主管,您去坐吧。"

她的同事又接着说:"您想一想,您一直爱着的一个人消失了,而您又永远无法知道他究竟发生了什么事!可不是要发疯!"

尚塔尔回到桌边坐下。餐厅主管五分钟后过来了。她点了一盘冷食，十分简单；她可不喜欢一个人吃饭。唉，她真是不喜欢一个人吃饭！

她一边在盘中切着火腿，一边脑子里继续着被女招待引起的思路：在今天这个世界里，我们每个人的一举一动都被控制，都被记录下来，那些大商场到处有摄像机监视我们，人们摩肩接踵，接连不断，甚至连做爱都会在第二天被搞调查或做研究的人盘问（"你们在哪里做爱？""你们一星期做几次爱？""用不用避孕套？"），一个人怎么可能避开监视完全消失，连一点痕迹也不留下？她当然知道这个电视节目，那名字让她害怕：《杳无踪迹》。这是电视上唯一能让她心动的节目，内容真实而悽惨，仿佛一种来自这个世界之外东西的介入，迫使电视节目放弃了它的平庸性。一位主持人用沉重的语气，要求观众提供一些证词，可以帮助找到那些失踪者。节目快结束时，电视上打出一张张前几集《杳无踪迹》节目中提到过的人的照片；其中有的人已经失踪十一年之久了。

她想象有一天就这样失去让-马克。对他一无所知，只能凭空去想象一切。她甚至都不能自杀，因为自杀就意味着背叛，意味着不愿意再等待下去，完全失去耐心。她将会一辈子都生活在一种无尽头的可怕之中。

2

　　她返回房间，费了好大劲才睡着。到午夜，做了一个长长的梦之后又醒过来。梦里全是一些她过去生活中的人：她母亲（去世很久了），尤其是她的前夫（她好多年没有见过他，而且他在梦中一点也不像他本人，仿佛梦的导演在试镜时选错了演员）。梦里他与他姐姐在一起，她还是那样有统治欲，那样有活力；还有他的新妻子（尚塔尔从未见过她，但在梦中，她丝毫不怀疑她的身份）；到了梦的最后，她前夫仿佛向她提出暧昧的性要求，而他的新妻子在尚塔尔的嘴上重重地亲了一下，试图将舌头伸进她的唇间。尚塔尔向来厌恶两个舌头互相舔来舔去的感觉。事实上，正是这一吻将她弄醒了。

　　这个梦让她感觉非常不舒服。她试图弄清楚原因是什么。她想，令她如此不安的，是这个梦将她现在的生活完全抹去了。因为她热爱她现在的生活，在任何条件下也不愿意将它与过去或将来作替换。正因为这个，她不喜欢做梦：梦将一个人生命中不同的时期一律化为同等价值，并将人所生活过的一切都拉平，使之具有一种同时性，这让人受不了；梦否认现时的特权地位，使它变得不再那么重要。比方说她在这一夜做的这个梦：她生活的整整一个面都被摧毁了：让-马克、他们共同拥有的房子、他们共同生活过的那么多年；过去抢占了这一切的位子，一些她已经好久没有关系的人试图将她捕捉到一张平庸的性诱惑的网中。她的嘴上感觉到了一个女人的湿润的双唇（这个女人长得并不赖，这个梦的导演在选女演员时还算挑剔），这使她感到极度的不舒服。就这样，大半夜的，她跑到浴室里，用很长时间洗嘴漱口。

3

F曾是让-马克的老朋友,他们在中学时代就认识了;他们总是观点相同,什么事情上都谈得拢,一直都保持接触,直到几年前的一天。让-马克突然不再喜欢他,而且做得非常绝,再也不见他了。有一天,他听说F病重住进布鲁塞尔的一家医院,他一点也不想去探望他,但尚塔尔坚持让他去一趟。

看到他以前的朋友使他很不舒服:他的脑海中一直记着他中学时的形象,一个脆弱的男孩,穿着总是很讲究,天生显得很细腻;在他面前,让-马克总觉得自己像头犀牛。以前曾使F看上去比实际年龄小得多的清秀的女性化的线条,现在让他反而显得更老了。他的脸看起来很滑稽,小极了,缩成一团,满是皱纹,就像是四千年前死去的一位埃及公主成了木乃伊后的脸。让-马克看着他的两只手臂,有一只固定着,在打点滴，一根针插在静脉里，另一只做着大大的手势帮助他说话。一直以来，他看着 F 大做手势的时候，总觉得他的手臂跟身体相比，显得更是细小，就像是木偶的手臂。这种感觉那天尤为强烈，因为这些天真的手势跟谈话的严肃内容极为不符：F 跟他讲，他前几日一直昏迷不醒，到最后医生才将他抢救过来："你知道那些从死亡边缘过来的人是怎么讲的。托尔斯泰在一个短篇小说中还专门讲过。就是看到一个隧道，尽头有光，代表上天世界那摄人心目的美。但我可以发誓告诉你，没有什么光。而且，最糟糕的是，连失去知觉都做不到。你能知道一切，听到一切。只是那些医生，他们不知道，还在你面前什么都说，甚至说些你不该知道的事，说你完蛋了。说你的大脑已无可挽救。"

他停了一会儿，接着说："我不是说我的神智当时完全是清醒的。我对一切都有知觉，但一切都又有些变形，就像是在梦中一样。时不时地，梦又变成了噩梦。只是在生活中，一场噩梦做一阵子也就很快结束，你一开始喊，就会从噩梦中醒过来，可我喊不出来。这是最最可怕的：喊不出来。身在噩梦，又无法呼喊。"

他又沉默下来。接着又说："我从未害怕过死亡。现在我怕了。我老是在想，死去之后，人还是活着的。我在想，所谓死亡就是做一场无尽的噩梦。算了，不说了，不说了。说点别的吧。"

让-马克到医院之前，觉得他俩谁也不可能不提他们友情的破裂，他必须违心说几句重归于好的套话。但他的担心是多余的：关于死亡的念头使得别的话题毫无意义。F虽然想说些别的，但还是接着讲他的身体如何受罪。他的话使让-马克心情变得很糟，但没有在他心中唤起任何感情。

4

难道他真的已如此冷漠，如此麻木？好多年前的一天，他听说 F 背叛了他；唉，背叛这个词太具浪漫色彩，太夸张，可他还是被震惊了：有一次开会的时候，让-马克不在场，大家对他群起而攻，使他后来丢了职位。这次会上，F 是在场的。他在场都没有为让-马克说一句辩护的话。他那喜欢大做手势的手臂没有为他的朋友动弹一下。让-马克怕自己搞错，又仔细地打探了，当时 F 确实一言未发。当他完全确信这件事的时候，有好几分钟，他觉得自己受到了无穷的伤害；后来，他决定再也不见他了；一旦做出这一决定，他马上感到一阵轻松，竟毫无缘由地有几分快乐。

F 说完了他的不幸。沉思一会儿之后，他那木乃伊公主似的小脸突然发亮了：

"你还记得我们在中学时的那些谈话吗？"

"不太记得。"让-马克说。

"你跟我谈女孩子的时候，我就像聆听一位大师一样听你讲。"

让-马克想了半天也没有在记忆中找到以前的谈话痕迹："我当时只是十六岁的黄毛小子，女孩子有什么好谈的？"

F接着说："我当时就站在你面前，你在大谈女孩子。你还记得吗？我一直看不惯一个姣好的躯体居然可以是一台分泌机器；我跟你说我受不了看到女孩子擤鼻涕。你当时停下来，盯着我，然后用一种奇怪的、好像极有经验的、真诚的、坚决的口吻说：'擤鼻涕？我呀，我只要看到她们的眼睛如何眨动，看到眼皮在角膜上一张一合，我就会感到一种厌恶，怎么也消除不了。'你还记得吗？"

"不记得了。"让-马克回答说。

"你怎么会忘记了呢？眼皮一张一合。多么奇怪的想法啊！"

但让-马克说的是实话；他想不起来了。况且，他并没有努力去记忆中寻找。他在想别的事情：这就是友谊的真正与唯一的意义：为对方提供一面镜子，让他可以看到自己以前的形象。假如没有朋友对回忆无休止唠叨，这一形象就可能永远被抹去。

"眼皮，你真的想不起来了？"

"想不起来了。"让-马克说。然后，他在心中暗暗对自己说："你难道不明白我根本不在乎你送给我的这面镜子？"

F感到十分疲乏，不再说话，仿佛对眼皮的回忆让他精疲力竭了。

让-马克说："你该睡觉了。"说完就起身了。

走出医院的时候，他感到一种想跟尚塔尔在一起的无法遏制的愿望。要是他没有那么累的话，他肯定马上就出发了。到达布鲁塞尔前，他原想要第二天早晨在旅馆里吃一顿丰盛的早餐，然后再慢悠悠地上路。但见到F之后，他把他的旅行闹钟调到了早晨五点钟。

5

尚塔尔一夜没有睡好，带着疲惫出了旅馆。在去海边的路上，她遇见了几个度周末的游客。他们成群结队，大致都是一个模式：男人推着婴儿车，女人走在他身边；男人的脸微笑着，显得憨厚老实，十分关切，略有矜持，时不时地弯腰看看小孩，为他擤鼻涕，让他不要吵闹；女人的脸有些麻木，一副拒人千里之外的样子，自满自足，有时甚至（毫无理由地）带有恶意。尚塔尔看到这一模式不断重现，有时带有不同的变体：女人旁边的男子推着婴儿车，背上一个专用的包中还有一个婴儿；女人旁边一个男子，推着婴儿车，肩上扛着一个孩子，胸前还吊着一个婴儿；女人旁边一个男人，没有推婴儿车，手里牵着一个孩子，背上、肩上和胸前各有一个婴儿。还有一种变体，没有男人，一个女人单独推着婴儿车；她比男人推得更有劲，尚塔尔与她在同一边人行道上走，走到近前时，不得不一下子跳到边上让开。

尚塔尔自言自语说：男人们都成了爸爸。他们不是父亲，而只是爸爸，也就是说，没有父亲的权威的父亲。她想象自己跟一个推着婴儿车、在背上与胸前还背着吊着另外两个婴儿的爸爸调情；趁着他的妻子在一个橱窗前止步了，她悄悄与那位丈夫定下约会。他会怎么反应？一位成了挂满婴儿的树的男子还能回头朝一个陌生女子看上一眼吗？他背上与胸前背着吊着的那些婴儿，会不会因为带他们的人的这一码事动作而哭叫起来？这一想法让她觉得好笑，她的心情也变好了。她对自己说：我生活在这样一个世界里，男人们再也不会回头看我一眼了。

然后，她跟几个晨起的游客一起来到海堤上：大海退潮了，沙滩在她眼前向前延伸出一公里之多。她已经很久没有来到诺曼底海边，她不会玩大家在那里玩的时兴活动：风筝、帆车。风筝，一块有颜色的布料撑在一个硬得可怕的骨架上，随风而起；靠两根绳子，一手一根，可以控制不同的方向，可以让它升降、转圈，像一只巨大的牛虻那样发出阵阵可怕的声音，时不时地像一架坠落的飞机，鼻子向下，倒栽在沙地上。让她惊讶的是，她发现那些风筝的主人既非儿童也非少年，而几乎是清一色的成人。而且，没有一个女人，全是男人！一些没带孩子的爸爸，一些躲开了妻子的爸爸！他们不去情妇家，而在沙滩上跑，为了玩耍！

她又有了一种不怀好意的诱惑的念头：从身后去接近双手拿着两根绳子、仰头看着发出声响的玩具在空中飞翔的男人，用淫词艳语在他耳边发出性邀请。他的反应会是什么？她坚信他看都不看她一眼，就吹一声口哨："别烦我，我正忙着呢！"

啊，男人们再不会回头看她一眼了。

她回到旅馆。经过停车场时，她瞥见让-马克的车。在前台，她得知他已经到了至少半个小时。前台服务小姐递给她一张纸条："我提前到了。我去找你。让-马克。"

尚塔尔叹一声气："他去找我，可他去哪里找我呢？"

"先生说您一定会在沙滩上。"

6

在去海边的路上，让-马克走过一个公共汽车站。那边只有一个穿牛仔裤和T恤衫的女孩；她在那里扭动着腰肢，好像在跳舞，虽然不是那么起劲，动作却很明显。当靠得很近的时候，他看到她张大嘴巴，长长地，不知餍足地，打了一个大大的哈欠。这个大大张开的空空的洞，因机械性舞动着的身体而轻轻地晃来晃去。让-马克对自己说：她在跳舞，她又很无聊。他到了海堤上；他看到在堤下的沙滩上，男人们仰着头往空中放风筝。他们是那么投入。让-马克想起自己以前的一个理论：有三种无聊。消极的无聊：那个边跳舞边打哈欠的女孩；积极的无聊：那些风筝爱好者；还有反抗者的无聊：那些烧汽车、砸商店玻璃的年轻人。

在沙滩的更远处，一群十二到十四岁间的孩子戴着大大的五颜六色的盔形防护帽，他们弯着小小的身躯，成群结队地围着一些奇怪的车子：几根金属杆构成的十字架，前面固定一只轮子，后面固定两只轮子；中间是一个长长的、低低的箱子，可以钻进一个人，伸长身子躺下，上面竖着一根桅杆，插一张帆。为什么孩子们都戴着防护帽？这项运动肯定有危险。但是，让-马克自言自语地说，真正危险的是那些可能被孩子们推着的东西撞到的人；为什么不让他们戴上防护帽？原因就是那些不愿意参与这种有组织性的娱乐的人，都是这场与无聊作斗争的集体大战斗中的逃兵，他们不配有任何关心，也不配戴防护帽。

他走下通向沙滩的台阶，仔细地观望着海水退去的边缘；在一群漫步者遥远的身影中，他试着辨认尚塔尔；最后他终于认出她来了：她刚刚停步，观看海潮、帆船和云朵。

他经过孩子们的身边，一位教练员让他们躺到车中，那些车开始慢慢转圈。周围，一些别的车在快速前行。只有一张通过绳子操纵的风帆保证车子前行的正确方向，并保证它在转弯时避开散步的人。可一个笨拙的非专业的人真能对风帆操纵自如吗？车子是否真的那么完美无缺，完全服从车手的意愿？

让-马克看着这些车。当他看到其中一辆高速驶向尚塔尔时，他的眉头皱紧了。车上躺着一位老人，就像一名宇航员躺在火箭内。以他这个水平的躺姿，那人根本无法看到前方的任何东西！尚塔尔是否有足够的谨慎可以避开？他心中开始埋怨她，埋怨她一向大大咧咧的天性，埋怨她加快了脚步。

她转过身来。但她肯定没有看到让-马克，因为她的动作是缓慢的，那是一位陷入沉思的妇女的动作，走路根本不看四周。他想朝她喊，让她不要那么分心，让她当心这些在沙滩上横冲直撞的愚蠢车子。突然，他想象她的身体被车子压过，想象她横躺在沙滩上，浑身鲜血，车子在沙滩上远去而他则向她跑去。他因他的这一想象而感动，开始真的呼喊尚塔尔的名字。风很大，沙滩空旷无垠，没有人听得到他的喊声，所以他可以沉浸到这种戏剧性的情感中，饱含着泪水，为她而焦急地喊叫；他的脸因哭泣而抽搐变形。他在这几秒钟中，仿佛真的经历了她那可怕的死亡。

然后，他自己也为这突如其来的歇斯底里而感到奇怪。他看到了她，远远的，潇洒、祥和、宁静、充满魅力，那么的动人，他为自己刚才演的这场哭灵闹剧感到可笑。他笑着，却不责怪自己，因为自从他开始爱上尚塔尔起，就有了万一尚塔尔死去的念头；他开始真的跑动起来，一边向她招手。可她又转过身去，又开始面对大海，看着远方的帆船，丝毫不注意这位扬起手打招呼的男子。

好了！她朝他这边转过身来，好像看到他了；他非常高兴，又一次扬起手。但她对他根本不感兴趣，停了下来，两眼看着轻抚沙滩的长长水线。现在他看清了她的侧面，他发现，原先以为是发髻的，其实是围在头上的一块纱巾。随着他越走越近（他的脚步突然慢了下来），这位被他误认为是尚塔尔的女人变得越来越老，越来越丑，嘲讽地变成了另外一个女人。

7

尚塔尔从海堤上向沙滩张望一会儿，很快就看烦了。她决定在房间里等让-马克。可她为什么会那么想睡觉？为了不使这次相会扫兴，她很快又想去喝一杯咖啡。她于是改变方向，走向一栋混凝土和玻璃结构的大楼，里面有一个大厅、一个咖啡馆、一间游戏室和几家商店。

她走进咖啡馆，一下子听到震耳的音乐，声音极强。她不太高兴，在两行桌子间向前走。在宽敞的大厅里，两个男人将她上下打量。一个是年轻人，斜倚在吧台前面，身着咖啡馆招待的黑制服；另一位年长些，身材魁梧，穿着 T 恤衫，站在大厅的尽头。

她想坐下来，就跟身材魁梧者说："您能不能把音乐关了？"

他向她走近几步："对不起，我没听懂。"

尚塔尔看着他肌肉发达的手臂，上面刺有花纹：一个乳房大大的女人，身上缠着一条蛇。

她重复道（要求降了一些）："音乐，您能不能关小点？"

那人答道："音乐？您不喜欢吗？"尚塔尔这时看到年轻人绕到吧台后面，反而将摇滚乐的音量开得更大。

文身男人离她很近。她觉得他脸上的微笑不怀好意。她投降了："不不，您的音乐不碍事！"

文身男子道："我就知道您一定喜欢这音乐。您要点什么？"

尚塔尔说："什么也不要。我只是进来看一眼。您这儿很舒服。"

"那干吗不待会儿？"在她身后穿黑衣的年轻人用一种让人不舒服的软绵绵的口吻说道。他已经又换了位置：他立在两排桌子之间，那是通向出口的唯一通道。他的谄媚的声音让她感到有些害怕。她感到似乎陷入一个圈套，接着这个套子就会收紧。她要赶紧行动。要出去她必须从年轻人拦路的地方走过。

就像直愣愣地走向自己的毁灭一样，她向前迈开脚步。看到年轻人在她眼前假装温柔的微笑，她的心开始怦怦直跳。直到最后一刻，他才向旁边迈了一步，让她过去。

8

将自己心上人的模样跟另一个人混淆起来。这在他身上已经发生过多少次了！每一次都让他惊讶：她与别人之间的区别就那么小？他怎么会认不出自己最爱的人的身影，这个他认为无人可以与之比拟的人？

他打开房间的门。终于，他见到了她。这一次，毫无疑问，是她，但也跟她自己不太像。她的脸显得衰老，她的目光奇怪地充满恶意。好像刚才在沙滩上他向她挥手的那个女人从现在开始，从此以后，就要与他所爱的人相替换，仿佛他因为没能认出她而从此就要受到惩罚。

"怎么了？发生了什么事？"

"没事，没事。"她说。

"怎么没事？你完全变了个人。"

"我没睡好。我几乎没睡。早晨也极糟。"

"早晨极糟？为什么？"

"不为什么，真的不为什么。"

"告诉我。"

"真的什么事也没有。"

他坚持要知道，最后她说："男人们不再回头看我了。"

他看着她，无法理解她所说的，她所想说的。她很忧愁，就是因为男人们不再回头看她了？他想跟她说："那我呢？我在沙滩上走了几公里找你，我哭着喊叫你的名字，我可以跑遍全世界去找你。那我呢？"

他并没有说出来。他愣愣地、低声地重复她刚刚说的话："男人们不再回头看你了。你真的因为这个忧心？"

她脸红了。她从来没有这样红过脸。这一脸红，就仿佛泄露了一些难以启齿的欲望。这种欲望是那样的强烈，尚塔尔无法抵抗，只是重复说："对，男人们，他们不再回头看我了。"

9

当让-马克出现在房间的门框内时，她尽力想显得快乐一些，她想去拥抱他，但她做不到；她从咖啡馆出来之后就一直很紧张，缩成一团，完全沉浸到阴郁的情绪中，她怕她试着做出来的示爱的举动会显得是逼出来的，伪装出来的。

然后，让-马克问她："发生什么事了？"她说她没有睡好，说她累了，但他没有被说服，而是接着盘问她；她也不知该如何回避这充满爱意的盘问，就想说点好笑的；就在这时，她早晨的散步以及男人们都变成了挂满孩子的树的样子从脑海中浮现出来，而她又找到了在脑子里留下的那句话，就像找回一件丢失了的小物件："男人们不再回头看我了。"她向这句话求救，以回避任何严肃的讨论；她试着以最轻松的口吻说出来，可是，让她惊讶的是，她的声音是苦涩的、忧郁的。这种忧郁，她感到也挂在她的脸上，于是她马上意识到她会遭到误解。

她注意到他看着她，久久地看着她，神情严肃。她感到这一目光在她身体的深处点燃了一堆火。这堆火很快在她腹中扩散，上升到她的胸口，燃烧着她的脸颊，这时她听到让-马克跟着她重复："男人们不再回头看你了。你真的是因为这个忧心？"

她感到自己像火把一样在燃烧，感到汗水在她皮肤上淌；她明白她脸这么一红，就赋予她的这句话一种极大的重要性。他一定会想，这几句话（啊，它们是多么不足挂齿！）将她暴露了，这句话使他看到了她秘密的心理，而现在她因羞耻而脸红；这是误会，但无法向他解释什么，因为这阵阵的火苗，她已有一阵子感到它的存在了；她一直拒绝直面它，直呼其名，但这一次，她不再怀疑它意味着什么，而正是这个原因，她不愿说，也不能说。

这次的热潮持续的时间很长，而且最糟糕的是，在让-马克眼前暴露无遗，她不知道该怎样去掩藏自己，让自己躲起来，逃避这探视的目光。她完全不知所措，就又说了同样的那句话，希望能挽回第一次未能做好的，希望终于可以用一种轻松的口吻说这句话，就像是一句好笑的话，一句滑稽的模仿台词："对，男人们，他们不再回头看我了。"但毫无办法，说出的话比上次更加忧郁。

在让-马克的眼中，突然燃亮了一道她熟悉的光，就像是一盏拯救之灯："那我呢？你怎么能去想那些不再回过头看你的男人，而我不停地到处找你？"

她觉得被救了，因为让-马克的声音是爱情的声音。在那些不知所措的时刻，她已忘记了这种声音的存在。这一爱情的声音在抚摸她，让她不再紧张；但她对这一声音的到来还没有准备好，仿佛这声音来自遥远的地方，来自太遥远的地方；她还需要听一会儿这声音，才能相信。

所以，当他想拥她入怀的时候，她身体一下子僵直了，她害怕与他抱在一起，害怕她潮湿的身躯会出卖她的秘密。事情来得太快，她没有时间自我控制；就这样，她还来不及止住自己的动作，就不好意思地、但坚决地将他推开了。

10

这次搞僵了的、居然使他们无法互相拥抱的相会，是否真的发生过？尚塔尔是否还记得这些两人之间无法相互理解的时刻？她是否还记得那句使让-马克震惊的话？记不得了。这一生活片断早就跟成千上万个别的片断一样被遗忘了。大概两个小时之后，他们在旅馆的餐厅吃饭，愉快地谈论着死亡的话题。死亡的话题？尚塔尔的老板让她好好构思一次广告运作，是为卢西安·杜瓦尔的殡仪馆做广告。

"可不能笑。"她一边笑，一边说。

"那他们呢，他们笑吗？"

"谁？"

"你的那些同事啊。为死人的事做广告，这本身就是那样明显可笑！你的老板，那位老托洛茨基^①分子！你老说他很聪明！"

"他是聪明，就像一把手术刀那样有逻辑性。他懂马克思、精神分析、现代诗歌。他喜欢跟人说在二十年代的文学中，不知是在德国还是在哪里，有一种日常诗歌流派。照他的说法，广告就是在隔了很久之后完成这一诗歌目标。它将一些简单的生活用品转化为诗歌。多亏了广告，日常生活开始变得如同歌曲一般美好。"

"在这么多平庸的话中，究竟有什么让你觉得聪明的？"

"他说这些话的时候那种玩世不恭的挑衅语气。"

"当他让你为死人的事做广告的时候，他到底笑没笑？"

"他微笑了，一种表明距离的微笑。这样很有风度。你越有权势，就必须越显得有风度。但他那有距离的微笑，同你的微笑没有任何相似之处，而且他对这种区别十分敏感。"

---

① Leon Trotsky（1879—1940），苏联托洛茨基集团领袖，1927 年被开除出党。

"那他怎么忍受你的笑？"

"让-马克，你糊涂了，我怎么会笑呢？不要忘了，我有两张面孔。我从中得到一丝乐趣；但尽管如此，有两张面孔不是件容易的事。这得努力，必须持之以恒！你一定要知道，我所做的一切，不管如何，我总是想把它们做好，哪怕就算是为了不丢掉我的职位。要想既做好一件事，同时又瞧不起这件事，是非常难的。"

"哦，你做得到，你有这种能力，你有天才。"让-马克说。

"是，我可以有两张面孔，但我无法同时拥有它们。跟你在一起的时候，我有那张嘲讽的脸；当我在办公室的时候，我有那张严肃的面孔。我常常收到那些想在我们这儿谋到一份工作的人的材料，我必须推荐他们或者给出否定的意见。他们当中有的人在信中，用一种完全现代的语言表现自我，运用各种约定俗成的套话、行话，带着必要的乐观精神。我根本用不着见到他们或跟他们说话就厌恶他们。但我知道正是这些人会工作得好，而且卖力。还有另外一些人，很明显，如果在别的时代，他们一定会献身于哲学、艺术史，或者去教法语，但今天，由于找不到更好的工作，几乎是出于绝望，他们跑到我们这里来工作。我知道他们暗地里瞧不起他们要求的工作，所以他们就像是我的兄弟一样。而我必须作出抉择。"

"那你是如何选择的呢？"

"我就有时推荐让我有好感的人，有时推荐一位会好好工作的人。我的做法有时就像是我工作单位的叛徒，有时又像我自己的叛徒。我是一名双重叛徒。这种双重背叛的状态，我不把它看作是一种失败，而是一件了不起的事情。因为我的这两张面孔究竟还能保持多久呢？这太累人了。总有一天我会只有一张面孔的。当然是两张面孔中最糟糕的那张。严肃的那张，随大流的那张，那时候你还会爱我吗？"

"你永远都不会失去你的两张面孔，"让-马克说。

她笑了笑，举起酒杯："但愿吧。"

他们碰杯，喝酒，然后让-马克说："其实，我为你能为死人的事做广告而几乎心生嫉妒。我也不知道为什么，我从小就被那些写死亡的诗迷住。我心中记住了好多好多这样的诗，我都可以背出来。你想听吗？你到时候可以用上的。比方说，波德莱尔的诗，你一定知道的：

噢，死神，老船长，时间到了！收起锚吧！

这个国度让我们厌倦，噢，死神！启程吧！"

"我知道，我知道，"尚塔尔打断他，"很美，但不适合我们。"

"怎么不适合？你那老托派分子可是喜欢诗歌的！而且对一个垂死的人来说，还有什么比对自己说'这个国度让我们厌倦'更能安慰人的？我可以想象，墓地大门上的霓虹灯闪现的这些话。至于你的广告词，只需稍稍改变一下：这个国度让您厌倦。老船长卢西安·杜瓦尔会保证为您做好启程准备。"

"可我的任务不是讨那些垂死的人欢心，会去找卢西安·杜瓦尔提供服务的并不是他们；而那些埋葬死者的活人想要享受生活，而非颂扬死者。你一定要记住：我们的宗教，就是颂扬生活。'生活'一词是所有词语中最重要的。它是被其他伟大的词语围着的词中之王。比方说'冒险'这个词！'未来'这个词！还有'希望'这个词！顺便说一句，你知道投向广岛的那颗原子弹的代号叫什么？Little Boy，'小男孩'！发明这个代号的人是个天才！再不可能找到比这更好的了，Little Boy，小男孩，男孩子，小不点儿，没有比这个词更温柔，更令人感动，更充满未来的了。"

"对对，我明白了，"让-马克为之叫绝，"正是生活本身，以一个小男孩的形象在广岛上空飞翔，并在废墟上撒下金色的希望之尿。二战以后的时代就是这样揭开序幕的。"

他拿起酒杯："干杯！"

11

　　儿子五岁时，她埋葬了他。后来假期到了，她的大姑子就对她说："你太悲伤了。你得再要一个小孩。只有这样，你才会忘却。"大姑子的这番话让她心酸。孩子：一个尚无生活历程的生命，一个一旦有替代就被抹去的影子。但她不想忘却她的儿子。她要捍卫他不可替代的个体性。她与将来为敌，捍卫着一个过去，为一个可怜的死去的小小生命捍卫他那为人忽视和小瞧的过去。一个星期以后，她丈夫跟她说："我不愿看见你陷入痛苦不能自拔。我们必须再要一个孩子。然后，你才会忘却。"你才会忘却：他用的居然是一模一样的说法！她正是在这个时刻有了离开他的念头。

　　对她来说再清楚不过了，她丈夫这么个顺从的人，并不是在以他自己的名义说话，而是在以由他姐姐统治的大家庭的整体利益的名义说话。他姐姐当时与她那个第三任丈夫和她以前的两次婚姻中生的两个孩子生活在一起；她跟她的那些前夫保持良好的关系，一直成功地将他们聚集在她周围；另外再加上她的那些兄弟以及表姐妹等人的家庭。这一大群人在假期聚集在一座乡间的别墅。她试着将尚塔尔也引入这个部落群体，以使她逐渐不知不觉地成为其中一员。

正是在那里，在那座大别墅里，她的大姑子与她的丈夫一起鼓励她再要一个孩子。也是在那里的一间小卧室里，她拒绝与她丈夫做爱。他的每一次性爱要求，都让她想起大家庭为了要她再怀孕而进行的宣传运作，与他做爱的想法就变得非常可笑。她感到整个部落的所有人，祖母、爸爸、侄儿、侄女以及表姐妹，都在门后偷听他们两人，偷偷检查他们床上的被单，在早晨察看他们是否疲乏。每人都觉得有权看她的肚子。在这一场战争中，就连小侄儿们也被征为雇佣兵。他们当中有一个对她说："尚塔尔，你为什么不喜欢孩子？""你为什么会认为我不喜欢孩子？"她冷不丁淡淡地反问。他不知说什么好了。

她恼火地接着说："谁告诉你我不喜欢小孩？"小侄儿在她严厉的目光下，用一种腼腆而坚定的口吻回答说："你要是喜欢小孩的话，你就会有小孩了。"

从这样的假期回到家里后，她果断地行动了：首先她要重新找回她的工作。生儿子之前，她是中学老师。这个工作工资太少，她没有再去，而选择了一个并不符合愿望的工作（她热爱教书），但工资要高出好几倍。她对自己这样因为金钱而背叛自己的喜好而于心不安，但又怎么办呢，那是获得她独立唯一的办法。然而，要获得独立，金钱是不够的。她还需要一个男人，一个活生生地代表了其他生活的男人。因为虽然她疯狂地试着从原先的生活中解放出来，却无法想象出任何一种其他的生活。

她等了好几年才遇上让-马克。十五天之后，她向她丈夫提出离婚。她丈夫觉得莫名其妙。就在这时，她的大姑子，带着一种敬畏与敌意，称她为母老虎："你一直按兵不动，我们谁也不知道你在想什么，然后你突然袭击。"三个月后，她买下一套公寓房，跟她心爱的人一起住进去，一点儿也不去想什么婚姻。

12

让-马克做了一个梦:他为尚塔尔担心,他去找她,在街上跑,最后他看见她。她背对着他,正在走路,越走越远。他在她后面跑着,呼唤她的名字。他离她只有几步之遥了,她回过头来,让-马克就像被定住一样,看到他面前是另一张脸,一张陌生的、让人看了不舒服的脸。然而,那并不是别人,是尚塔尔,是他的尚塔尔,一点儿疑问也没有,但他的尚塔尔有着一张别人的脸。这太可怕了,可怕得让人受不了。他抱住她,贴紧自己的身体,一边抽泣,一边不断地重复着:"尚塔尔,我的小尚塔尔,我的小尚塔尔!"仿佛他在重复着这些话的时候,想给这张变了形的脸注入她原先的样子,她那丧失了的特征。

这个梦惊醒了他。尚塔尔不在床上,他听到从浴室传来的清晨的洗漱声。他还停留在梦境的恍惚之中，感到一种迫切要见到她的愿望。他起了床，走向半开的门。他在门边停下来，就像一名想贪婪窥视别人隐私场景的人，仔细观察她。是的，那是他一直熟悉的尚塔尔：她俯身在洗脸池上刷牙，将牙膏的白沫与水一起吐出来。她对所做的事情那么专心，那么好笑，那么孩子气，让-马克不觉释然一笑。然后，她好像感到了他的目光，原地转过身来，看到他在门边，生气了，最后还是任他在还留有白沫的嘴上亲吻了一下。

"今天晚上你到我们事务所来接我？"她对他说。

六时左右，他进入大厅，穿过走廊，在她办公室的门前停下。门半开着，正如早晨浴室的门。他见到尚塔尔跟两个人在一起，都是她的同事。但她跟早晨的那个她不一样了；她在大声说话，他还不习惯这种语气，她的手势比他所熟悉的要快得多，更加有力，更有权威性。早晨在浴室里，他找回了他刚刚在夜间失去的人，而到了这下午的尽头，这个人又在他眼皮底下变形了。

他走了进去。她朝他笑笑。但这微笑是死板的，尚塔尔人好像被定住一样。在双颊上贴面碰两下在法国的近二十年几乎成为一种必须的习俗，这对相爱的人来说是比较难受的。可是，在别人的目光之下相见，又不想被人看作是一对吵架的人，怎么可能回避这一习俗呢？尚塔尔有点不好意思，走近他，向他迎上双颊。整个动作有点做作，让他们觉得有点假。他们走出办公室。过了很长时间以后，她才又成了他的尚塔尔。

每次都是这样：从他见到她的那一刻，到他认出他所爱的那个她的那一刻之间，有一段路要走。他们在乡村初次相见时，他运气不错，几乎马上就有了与她单独在一起的机会。假如在这次单独的相见之前，他与她已经很熟，而且每次都是见到她与别人在一起的样子，他是否还能够在她身上找到他所爱的她？假如他只熟悉这张她向同事、上级、下级展示的脸，这张脸还会让他感动，让他着魔吗？对于这些问题，他没有答案。

13

可能是因为他对这些奇异的时刻特别敏感，所以"男人们不再回头看我了"那句话那么深地刻在他脑中：说那句话的时候，尚塔尔变得完全认不出来了。这句话不像是她说的。她的那张脸，好像充满恶意，好像老了许多，不像是她的脸。起初，在他的反应中，有一种嫉妒的成分：她怎么能够抱怨说别人不再对她感兴趣了，而就在那天早晨，他冒着在路上开车撞死的危险，不就是为了能早些与她在一起？但在不到一个小时之后，他对自己说：任何女人都通过男人对她的身体表现出的兴趣大小来衡量自己衰老的程度。他要是因此而不悦，是否有些可笑？然而，即使他并不觉得不高兴，也不能同意她的说法。因为尚塔尔身上开始出现的一些衰老迹象（她比他大四岁），他在他们第一次相遇的时候就注意到了。她的美貌当时让他震惊，但并不使她显得比实际年龄更年轻；他甚至可以说正是她的年龄使得这种美更有说服力。

尚塔尔的那句话在他脑海中回响，他想象着她的身体的历史：它一直淹没在数百万个其他的身体之中，直到有一天，一个充满欲望的目光投到它的上面，将它从星云一般的无数人体中拉出来；接下来，目光越来越多，将这一身体燃着，从此之后，它像一把火炬一样穿行于这个世界；这段时光是光明、荣耀的时光；但是，不久以后，人们的目光变得稀少了，光明开始渐渐熄灭；直到有一天，这个身体变得半透明，又变得透明，然后变得看不见了，像一块小小的、游动的虚无一样在街上行走。在从最初的不可见性到第二次的不可见性的过程当中，那句"男人们不再回头看我了"就像是亮起了红灯，告诉人身体渐进的熄灭过程已经开始。

他怎么说他爱她，说觉得她很美，也没用。他那情人之眼无法安慰她。因为爱情的目光是一种使她的身体成为唯一的目光。让-马克想着两个在别人眼中变得看不见了的老人之间孤寂的爱情：那是一种预示着死亡的悲哀的孤独。不，她需要的不是 种爱情的目光，而是陌生人的、粗鲁的、淫荡的眼光的淹没，这些眼光毫无善意、毫无选择、毫无温柔也毫无礼貌，不可逃脱、不可回避地投注到她身上。正是这种目光将她保持在人的社会群体中，而爱情的目光则将她从中拉出来。

　　他带着一丝悔意，想着他们爱情的开端。那是那么令人眩晕的快速，他根本不需要去征服她：从第一刻起，她就被征服了。回头看她一眼？有什么用。她就在他的旁边，在他的面前，在离他很近的地方，从一开始起就这样。从一开始起，他就是强者，而她是弱者。这种不平等性在他们的爱情的基质中已经留存下了。一种不可辩解的不平等性，一种极不公平的不平等性。她是弱者，因为她年纪更大。

14

十六七岁的时候，她特别喜欢一个隐喻；是她自己想出来的、听来的，还是从哪里读到的？没有关系。她想成为一种玫瑰香，一种四处扩散的香味，四处去征服。她希望就这样穿透所有男人，并通过男人，去拥抱整个世界。玫瑰四处扩散的香味：那是对艳遇的隐喻。这个隐喻在她即将成人之际开放，就像是对温柔地与男人混杂相处的浪漫许诺，对穿越所有男人之旅的邀请。可是，她天生又并非一个常换情人的女人，这个朦胧的、抒情的梦，很快就在她宁静而幸福的婚姻中沉睡过去。

很久以后，当她已离开她丈夫，跟让-马克一起生活了好多年时，有一天跟他一起来到了海边：他们在露天用晚餐，坐在一个搭在水上的木板阳台上。在她的记忆中，那是一片白色：木板、桌子、椅子、桌布，一切都是白的。路灯柱漆成白色，在夏日的天空下，灯光也是白色的。天还没有全黑下来，天上的月亮也是白色的，将周边映得一片白。就在这一片白色的沐浴中，她感到一种难以承受的对让-马克的怀念之情。

怀念之情？她对他怎么会有一种怀念之情？他就坐在她的对面。一个人怎么会为一个在场的人的不在场而伤心？〔让-马克可以回答这个问题：一个人可以在爱人在场时，因怀念他（她）而痛苦，假如他（她）隐约看到了爱人会不在的将来；爱人的死亡，虽然还看不见，却已经可以感知。〕

在这海边莫明其妙的怀念之情的几分钟内，她突然想起她死去的孩子，一股幸福的浪潮向她袭来，将她淹没。她很快就因这种感情而害怕。但没有人可以针对感情做些什么。它们就这样来，避开一切禁忌。人们可以指责自己做的某件事，说出的某句话，但不能指责自己的一种感情。很简单，因为针对感情，人们无能为力。想起她死去的孩子让她充满幸福感，而她只能问自己那意味着什么。答案很清楚：这意味着她在让-马克身边出现是一件必然发生的事，正因她儿子的死使这种出现成为一种绝对。她因儿子去世而很幸福。坐在让-马克的面前，她想大声说出自己的想法却又不敢。她不敢确定他会如何反应。她怕他会把她看作是一个魔鬼。

她因自己毫无艳遇而高兴。艳遇是一种拥抱世界的方式。她不再希望拥抱世界。她不再去想这个世界。

她因没有艳遇、没有艳遇的欲望而幸福，高兴。她想起自己的隐喻，于是看到一朵迅速凋谢的玫瑰，就像在一部快镜头播放的电影中，很快就只剩下一小根花茎，黑黑的，永远地消失在了他们共进晚餐的夜晚的白色世界中：玫瑰融化在白色之中。

就在那天晚上，在入睡之前（让-马克已经睡下），她又一次想起死去的孩子，而这个回忆又一次伴随着这可耻的幸福之潮。她于是对自己说，自己对让-马克的爱是一种异端行为，是对人类共同体不成文的法令的违背，而她正远离着这一人类共同体；她对自己说，她必须将这一泛滥无际的爱深藏为一种秘密，免得唤起人们仇恨的愤怒。

15

早晨，总是她第一个走出公寓，打开信箱，留下那些写给让-马克的，带走自己的。这天早晨，她看到两封信：一封写着让-马克的名字（她飞快地看了一眼，邮戳是布鲁塞尔的），另一封上写着她的名字，但没有地址也没有邮票。肯定是某个人亲自跑来放进信箱的。她急着出门，信不拆就扔进包里，跑向公共汽车。坐下以后，她拆开信封；一封只有一句话的信："我像一个间谍一样地跟踪您，您很美，非常美丽。"

第一感觉很不舒服。有一个人未经她的同意，想介入她的生活中，吸引她的注意力（她的注意力是有限的，她也没有足够的能力去拓宽），总之，有人想烦她。然后，她对自己说，何必呢，这只是小事一桩。哪个女人没在某一天收到过这样一封信？她又读一遍信，意识到她身边的女士也可能读到。她把它放回包中，向周围看一眼。她看到人们都坐着，漫不经心地透过车窗看着街道；两个女孩子在那里放声大笑，很招人；在下客门边有个黑人，又高又帅，在盯着她看；还有一个妇女，沉浸在一本书当中，肯定是要走一段长路的。

平时，在公共汽车上，她对任何人都目不斜视。由于这封信，她以为有人在观察她，自己也开始观察。是否每天都有人这样盯着她看，就像今天这个黑人一样？好像他知道她在看什么，朝她笑了一笑。他是否就是写这封信的人？她很快就赶走了这个荒谬的想法，站起身来，以便在下一站下车。她为此必须从挡在门口的黑人旁边走过，这让她有些发窘。当她离他不远时，公共汽车突然刹车了，她一下子失去平衡，一直盯着她看的黑人大笑起来。她下了车，对自己说：这不是调情，这是嘲弄。

她一整天都听到这嘲弄的笑声，就像是个不祥的预兆。她在办公室又读了两三遍信，回到家后，开始问自己该怎么办。把它留下吗？为什么？把它给让-马克看？她会感到发窘的，好像她要自我炫耀似的！那么，毁了它？当然喽。她走进洗手间，在抽水马桶上看了一眼，看着里面的液体；她把信封撕成好多碎片，将它们扔进去，冲了水。但她留下了信，拿回房间。她打开存放内衣的衣橱，把它放到她的胸罩之下。在这么做的时候，她又听到了那黑人嘲弄的笑声，她对自己说：自己跟所有的女人都一样；她的那些胸罩一下子显得那么庸俗，那么愚蠢地显得是女性之物。

16

一个小时不到，让-马克回到家，给尚塔尔看一纸讣告："今天早晨在信箱中拿到的。F 去世了。"

尚塔尔几乎感到高兴能有另外一封信，一封更加严肃的信，盖过了她自己那封可笑的信。她搂住让-马克，把他引到客厅，在他对面坐下。

尚塔尔："你还是挺受震动的。"

"不，"让-马克说，"兴许那是我因自己不受震动而震动。"

"你到现在都没有原谅他吗？"

"我完全原谅他了。但问题不在这儿。我跟你说过，以前，当我决定再也不见他的时候，我感到一种奇怪的快乐。我当时冷得像块冰，却又感到高兴。他的死没有丝毫改变这一感情。"

"你让我害怕，真的，你让我感到害怕。"

让-马克站起身，找来白兰地和两个杯子。喝下一口之后，接着说："我去医院看他的时候，他说着说着，开始讲他的回忆。他说，他想起了我十六岁时说的话。那一刻，我明白现在人们之间友谊的唯一意义。对人来说，友谊对他的记忆的正常运转是必不可少的。记住自己的过去，一直将它藏在身上，这可能是保持人们所说的自我的一贯性的必要条件。为了使自我不至于萎缩，为了使自我保持住它的体积大小，就必须时时浇灌记忆，就像浇灌盆里的花儿一样，而这种浇灌需要跟一些过去的见证人，也就是说跟朋友们保持固定而有规律的接触。朋友是我们的镜子，我们的记忆；我们对他们一无所求，只是希望他们时时擦亮这面镜子，让我们可以从中看看自己。但我对我在中学时做了什么根本不在乎！我一直期望的，从我最初的青年时代开始，也许从我的童年时代就开始，完全是别的东西，也就是作为一种价值的友谊，一种高于其他任何价值的东西。我以前常喜欢说：在真理与朋友之间，我永远选择朋友。我这么说有点挑衅意味，但我心里真的这么想。今天我知道了这种观念太陈旧了。它对帕特洛克罗斯的好友阿喀琉斯[①]来说可能是适用的，对大仲马笔下的那几个火枪手来说也适用，甚至对桑丘·潘沙[②]这位他主人的真正朋友来说也适用，虽然他们两人意见总是不合。但它对我们来说已经不适用了。我在这方面的悲观情绪已非常强烈，今天我已准备好：喜欢真理，胜过喜欢友谊。"

他又喝下一口："友谊对我来说，证明了存在着比意识形态、宗教、民族更强烈的东西。在大仲马的小说中，四个朋友常常处于对立的阵营，因此必须相互打斗。但这并不改变他们的友谊。他们一直互相帮助，偷偷地，狡猾地，不顾他们各自所属的阵营的真理。他们将友情置于真理之上，置于事业之上，置于上级命令之上，置于国王之上，置于王后之上，置于一切之上。"

尚塔尔抚摸着他的手。他停了一会，又说："大仲马讲述

----

① Patroclus 和 Achilles，均系荷马史诗中的英雄人物。
② Sancho Panza，《堂吉诃德》中主人公的随从。

了一个早于他两个世纪的火枪手的故事。是否在他那里已经有了对逝去友情的世界的怀恋？还是说友情的消失是 个离现在更近些的现象？"

"我无法回答你。友谊不是女人的事。"

"你这话什么意思？"

"就这么个意思。友情是男人的问题，是他们的罗曼蒂克的事。不是我们的事情。"

让-马克喝下一口白兰地，又回到他原先的思路："友情是怎么产生的？肯定是作为一种对抗敌人的联盟，没有这种联盟，人们面对敌人就无法自卫。也许是人们不再需要这样一种联盟。"

"敌人总是会有的。"

"对，但敌人变得看不见了、匿名的。管理、法令，等等。一个朋友能为你做些什么，假如有人决定在你的窗前建一个飞机场，或者有人开除了你？假如有人帮你了，还是一些匿名的、看不见的人。一个社会救济组织，一个捍卫消费者权益的协会，一个律师事务所。现在已没有任何考验可以去验证友情。再也没有到战场上去找他负伤朋友的机会，也没有拔剑保护朋友不受强盗伤害的机会了。我们经历的一生不再有大的危险，但同时也没有友情。"

"假如的确是这样，那应该能让你跟 F 重归于好。"

"我承认，假如我指责他，他不会明白我为什么指责他。当别人攻击我的时候，他一言不发。但我必须公正：他认为他保持沉默是一种勇气。有人告诉我，他也吹嘘说自己没有陷入那些攻击我的人的病态心理中，没有说任何有损于我的话。他是于心无愧的。当我毫无解释地不再见他的时候，他一定还感到受了伤害。我要求他做出比中立更多的东西是错误的。假如在这个充满恶意和仇恨的圈子里，他胆敢为我辩护，捍卫我，他自己也有被贬的危险，会有冲突和麻烦。我怎么可以这样要求他呢？更何况他是我的朋友！换句话说，那样做也不礼貌。因为失去原先的内涵的友情今天已成为一种相互间尊重的契约，简而言之，是一种礼貌的契约。而要求一位朋友做一件会为难他或者让他觉得别扭的事情是不礼貌的。"

"对了，就是这么回事。而且你说这话不该带什么怨恨，不该带什么讽刺。"

"我说这话丝毫不带讽刺。就是这样。"

"假如你成为别人仇恨的发泄目标，假如你被定罪，成为众矢之的，认识你的人可能会有两种反应：有一些人也参乎其中；还有另外一些人，悄悄地，好像什么也不知道，什么也没有听到，这样你可以继续跟他们交往，跟他们说话。这第二类人，小心谨慎，很巧妙，很细腻，他们就是你的朋友。这是现代意义上的朋友。听着，让-马克，这一点我早就明白了。"

17

银幕上可以看到一个平躺着的臀部，很美，很性感，近镜头。一只手在温柔地抚摸它，享受着这个裸露着的、奉献出的、毫无保留的身体的皮肤。接着，镜头拉长，可以看到整个身体，横卧在一张小床上：那是一个婴儿，上面俯身的是他的妈妈。在下面的镜头中，她抱起小孩，半张的嘴唇亲吻着婴儿湿润的、软软的、大大张开的嘴。这时候镜头又推近，同样的亲吻，在被画面隔开后，在近镜头下，突然成了一个性感的爱情之吻。

就在这时，勒鲁瓦关掉放映机："我们总是在寻找大多数。就像是美国总统候选人在竞选期间一样。我们将一个产品放置到一批有吸引力的图像当中，它们可能会聚集起最大多数的购买者。在寻找图像的时候，我们往往会高估性的作用。我让你们小心这一点。只有很少一部分人，真正会因为有了性的内容而感到愉悦。"

勒鲁瓦停顿一下，享受着他召集起来的合作小组人员集体表现出的惊讶。每星期，他都要召集他们。围绕着一次广告宣传、一个广告节目、一张招贴画开一个小小的研讨会。他们从很早开始就发觉能让他们的头儿感到高兴的，不是他们一致同意，而是他们的惊讶。所以，一位雍容华贵、在业已衰老的手指上戴了好多戒指的女士斗胆与他唱反调：

"可所有的调查都证明了相反的事实！"

"当然喽，"勒鲁瓦说，"亲爱的女士，假如有人就您的性生活提出问题，您会不会说实话？即使向您提问题的人不知道您的名字，即使他是通过电话问的，而且不见到您，您也会撒谎的。'您做爱吗？''当然喽！''多少次？''每天六次！''您喜欢下流的东西吗？''喜爱极了！'可这一切都是在硬充好汉。从商业角度来说，色情是一种暧昧的东西，因为假如说所有人都想有性生活，那么，所有人也同时恨它，把它看作是他们的不幸、他们的挫折、他们的妒忌情结和痛苦的源泉。"

他又向他们重放了一遍刚才的电视广告片；尚塔尔看着潮湿的嘴唇在近镜头中碰到另外一对潮湿的嘴唇，她意识到（这是她第一次如此清晰地意识到）让-马克和她从来不以这种方式亲吻。她甚至感到惊讶：真的吗？难道他们真的就从来没有这样亲吻过？

有过。那是他们还不知道对方叫什么名字的时候，在一个山居旅舍的大厅里，周围是喝酒、聊天的人。他俩随便聊着什么，可他们声音的语调让他们明白彼此都有欲望，于是他们躲到一个无人的走廊里，一言不发地就相互亲吻起来。她张开嘴，把舌头伸进让-马克的嘴中，她的舌头愿意去舔任何在他嘴里遇到的东西。他们的舌头所表现出来的热情并非一种性需求，而是急于要告诉对方，他们愿意做爱，而且是马上，整个地投入，像野兽一样，不浪费一刻时间。他们的唾液跟欲望与性快乐都没有任何关系，而只是一种信号。他们谁也没有勇气直接向对方大声地说，"我要与你做爱，马上，不耽搁任何时间，"于是他们就让唾液来以他们的名义说话。所以，当他们真正抱在一起做爱的时候（这发生在他们第一个吻的几个小时之后），他们的嘴很可能（她记不太清楚了，但随着时间的推移，她几乎可以肯定）不再互相感兴趣，不再接触，不再舔来舔去，而且根本已意识不到这种可耻的相互间的无动于衷。

勒鲁瓦又关了电视广告片："最妙的是要找到一些图像，既能保持性吸引，又不增加性受挫的人的痛苦。正是从这个角度来看，这一段广告让我们感兴趣：性感想象被唤起，但很快就转入母性的领域。因为隐私的身体接触、个人秘密的消失、唾液的交融，这不仅仅是成年人性问题的专利，这一切同样存在于婴儿与母亲之间，这一关系是一切身体愉悦的最初乐园。顺便提一句，有人将一个胎儿在未来的妈妈的肚子里的生活都拍摄了下来。胎儿以一种我们无法模仿的杂技一样的姿势，去嘬他自己小小的生殖器。你们看，性生活不是一些身强力壮的身体的专利，可以引起别人苦涩的妒忌之心。胎儿自己嘬自己的小生殖器，会让世界上所有的祖母与外祖母充满柔情，即使是那些最乖戾、最一本正经的。因为婴儿是最大多数人的最强烈、最广泛、最可确信的共同关注点。胎儿，亲爱的朋友们，比婴儿更好，是婴儿的极致，是超级婴儿！"

他又放了一次同一部广告片，尚塔尔看到两张湿润的嘴接触在一起时，又一次感到一阵轻微的厌恶。她想起在中国与日本，照别人跟她讲的，那里的性文化中没有张开嘴亲吻这回事。所以唾液的交换并非性生活中必要的一步，而是一种异想天开的念头，一种变体，一种纯西方式的不卫生。

放完片子之后，勒鲁瓦作出结论："妈妈的唾液，这正是能将我们需要聚集起来的大多数人胶合在一起的胶水，我们要让他们成为卢巴乔夫牌的顾客。"于是尚塔尔开始修正她那古老的隐喻：能够穿越所有男人的，不是一种非物质性的、诗意的玫瑰香味，而是母性的、世俗性的唾液，带着它无数的细菌，从情妇的嘴中过渡到情夫的嘴中，从情夫过渡到妻子，从妻子到她的婴儿，从婴儿到他的婶婶，从他在餐厅里当女招待的婶婶，通过她往汤里吐的唾沫而传给顾客，从顾客传给顾客的妻子，从妻子传给她的情人，又从那里传给好多好多别的嘴巴。我们每个人都淹没在唾液的海洋中。所有的唾液混合在一起，使我们成为一个唾液共同体，一个唯一的、湿润的、连在一起的人类。

18

这天晚上，在一片嘈杂的发动机声与喇叭声中，她疲惫不堪地回到家中。她急于求得一份安静，打开公寓楼门，就听到工人的喊声和锤子的敲击声。电梯坏了。上楼的时候，她感到一阵可恶的热浪在向她扑来，在整个楼梯间回荡。锤子声就像是伴随着这热浪的鼓声，使它更加剧烈，更加弥漫开来，好像在为它壮威。她浑身汗淋淋地停在公寓的门口，等了一分钟，免得让-马克看到她浑身通红的样子。

"火葬场的火焰向我递来它的名片。"她对自己说。这句话不是她发明的，她也不知道怎么这句话穿过了她的脑海。站在门前，被不断的噪音包围着，她向自己重复了好几遍这句话。她不喜欢这句话。它有太明显的阴森森的一面，让她觉得格调太低，但她无法将之驱走。

锤子声终于停止，热浪也开始减弱。她进了门，让-马克抱住她。可是，当他开始说话时，锤子声又回响起来，虽然比刚才要减弱了一些。她有一种被追捕的感觉，无处可以躲藏。皮肤上还是湿淋淋的她毫无逻辑性地说："火葬场的火焰，这是唯一让我们的身体不受他们摆布的手段。"

她看出让-马克的目光中充满惊讶，意识到自己刚才所说的话是那么不合时宜；她赶紧开始讲她看到的电视广告片断以及勒鲁瓦向他们讲述的话，尤其是讲那个在母亲肚中被摄下的胎儿。他用一种杂技式的姿势，对自己进行一种完美的自慰行为，任何一个成人也无法做到。

"胎儿就有性生活，你想想！他还没有任何意识、任何个体性、任何知觉，但他已经感到一种性冲动，而且可能还感到了快感。所以我们的性生活要先于我们对自己的意识。我们的自我尚未存在，但我们的淫欲就已经在那儿了。而且，你想想，居然这个想法让我的所有同事都为之感动！面对着自慰的胎儿，他们满眼泪花！"

"那你呢?"

"哦,我感到厌恶,啊,让-马克,厌恶。"

她显得异常激动,抱住让-马克,紧紧贴住他,就这样好几秒钟一动不动。

接着她又说:"你想一想,甚至在你母亲的肚子中,人们说那里是神圣的,你也不得安宁。有人给你摄像。有人像间谍一样监视你,有人在观察你自慰,你那可怜的胎儿的自慰。你活着的时候是无法躲开他们的,这一点大家都知道,可在你出生之前,你都无法避开他们,就像你死去之后也无法躲开他们。我想起以前曾在一张报纸上读到过的:有一个人以一个俄国流亡大贵族的名字生活,人们怀疑他是个骗子。在他去世之后,为了能够戳穿他,有人从坟墓里挖出一个农妇的骸骨,据说是他的母亲,他们剖开尸骨,检查基因。我想知道是一种什么样冠冕堂皇的理由,使他们有权利挖出这可怜的女人!搜索她的裸体,这一彻底的裸体,这一骸骨的超级裸体!啊,让-马克,我感到的只是厌恶,只是厌恶。你知道海顿头颅的故事吧？他们把它从尸骨未寒的遗体上切下，让一个疯子学者去打开脑子，确定到底在哪里藏着音乐天赋。还有爱因斯坦的故事？他仔仔细细地写下遗嘱，要求人们将他火化。人们答应他了，可他一名忠实的、虔诚的弟子拒绝在大师见不到他的情况下生活。在火化之前，他从尸体上取走眼睛，把它们放到一个盛有酒精的瓶里，让它们可以一直看着他，直到他去世。所以我刚才对你说，只有火葬场的火焰可以让我们避开他们。这是唯一彻底的死亡。我不想有别的任何形式的死亡。让-马克，我要一种彻底的死亡。"

锤子声停止一会以后，又一次在房间里回响起来。

"只有在火化之后，我才能确信，不再听到它们。"

"尚塔尔，你怎么了？"

她看看他，然后转过身去背朝着他，又一次激动起来。这一次，并非因自己刚刚所说的话而激动，而是因为让-马克的声音充满了他对她的关切之情。

19

　　第二天，她去了墓地（她至少每个月去一次），伫立在她儿子的坟前。每次她在那里都要跟他说几句话。这一天，就好像她需要解释什么，自我辩解什么，她对他说："宝贝，我的宝贝，不要认为我不爱你，或者我不曾爱你，而正是因为我曾那样爱你，假如你还在世，我就无法成为现在的我。我不可能有了一个孩子以后还去蔑视这个世界，因为我们把孩子送到的正是这个世界。我们因为孩子才依恋这个世界，考虑这个世界的未来，参与它的那些喧哗，那些骚动，把它的那些不可救药的愚蠢之事当回事。你一死，让我再没了与你在一起的乐趣，但同时你又让我自由了。让我自由地去面对这个我不爱的世界。而我之所以可以不去爱它，那是因为你不在世了，我的那些阴暗的想法已不可能给你带来任何坏运气。我现在要对你说，在你离开我那么多年之后，我把你的死看作是一个礼物，而且我最终接受了它，这一可怕的礼物。"

20

第二天早晨，她在信箱里看到一个信封，还是那个陌生人的笔迹。信里不再是简短的轻浮话。它看上去像一个长长的诉讼笔录。"上个星期六，"信中写道，"九点二十五分的时候，您比平时更早走出了家门。我习惯在您走向公共汽车站的路上跟踪您，但这一次，您朝相反的方向走了。您提着一个手提箱，进了一家洗染店。女老板一定认识您，可能还喜欢您。我从街上观察她：她好像从沉睡中突然醒来，脸上放出光芒，您一定开了个什么玩笑，我听见她的笑声，这是您引发出的笑声，我觉得从里面看见了您面孔的映像。然后，您走出店门，手提箱满满的。里面是不是您的套衫，或者是桌布，或者是内衣？反正您的手提箱让我觉得，那是某种人为地加到您生活中的东西。"他描述了她的长裙以及颈上的珍珠。"我以前从未见过这些珍珠，它们极漂亮，它们的红色很配您。它们让您光彩照人。"

这封信的署名是：C. D. B.。这让她好奇。第一封信上没有署名，她当时认为这种匿名性可以说是真诚的。有一个陌生人向她致敬，然后马上就消失了。但一个署名，即使是缩写的，表明了一种一步步地、慢慢地、但不可避免地想被她认出的愿望。C. D. B.，她一边重复一边笑：西利尔-迪迪埃·布尔吉巴，夏尔-大卫·巴尔布鲁斯。

她就信的内容想了半天：这个男人一定在大街上跟踪她，"我像个间谍一样跟踪您"，他在上封信中这么写，所以她肯定曾经见过他。但她看自己周围世界时总是漫不经心，更何况那时让-马克与她在一起，并且是他而不是她让洗染店的女老板笑了，是他提的手提箱。她又读了下面的句子："您的手提箱让我觉得，那是某种人为地加到您生活中的东西。"那手提箱怎么可能是"加到"她生活中的东西，既然不是尚塔尔提的？这件"加到"她生活中的东西——不就是让-马克本人吗？莫非她的通信者是在以一种迂回的方式攻击她的心上人？接着，她感到好笑，意识到自己可笑的反应：甚至针对一位假想的情人，她也能捍卫让-马克。

就跟第一次一样，她拿着这封信不知如何是好，犹疑的芭蕾舞剧又一段一段地排演了一遍：她盯着卫生间里的抽水马桶，决定把它扔进去；她把信封撕成碎片，跟水一起冲掉；然后把信折好，拿到房间里，塞到她的那堆胸罩下面。在她俯身看着搁放内衣的一格时，她听到开门的声音，她飞快关上衣橱，转过身去，让-马克已立在门前。

他慢慢走向她，以一种从未有过的方式看着她，目光那样集中，让人不舒服，当他靠近她的时候，他按住她的双肘，把她保持在离他三十厘米左右的位置，不断地看着她。她感到发窘，无法出声。当她窘得无地自容的时候，他紧紧抱住她，笑着说："我刚才想看你的眼皮像刮水器刮洗汽车挡风玻璃一样地洗刷你的角膜。"

21

在他与 F 上一次见面之后，他老在想：眼睛，心灵的窗户、脸部的美的中心、一个个体特性的聚合点；但同时又是一种视觉工具，需要不断地洗刷、湿润，用一种含有盐的成分的特殊液体来保护。目光作为一个人所具有的最美妙的东西，因此被一种有规律的、机械的洗刷运动所打断，就像一块汽车挡风玻璃被刮水器洗刷。而且，人们今天可以调节刮水器的速度，让每一次运动都大约停十秒钟左右再进行，也大概就是一张眼皮的节奏。

让-马克观察与他说话的人的眼睛，试图看出眼皮的运动；他发现这一点不容易做到。人们不习惯去意识到眼皮的存在。他对自己说：我见到最多的就是别人的眼睛，也就包括眼皮与它们的运动。然而，这个运动我怎么也记不住。我把这个运动从我面前的眼睛中减去了。

他又对自己说：上帝在他的工作室里修修弄弄的时候，完全偶然地找到了这种身体的模式。我们在一段短暂的时间内，都不得不成为这一身体模式的灵魂。可成为这样一个随便打造出来的身体的灵魂是多么可悲的命运啊，这身体上的眼睛在看东西时，居然不得不每十到二十秒钟就被洗刷一次！怎么去相信在我们面前的他是一个自由的人，独立的人，是他自己的主人？怎么去相信他的身体是一个寄寓其中的灵魂的忠实无误的表现？要想相信这一点，就必须忘掉眼皮永恒的眨动。必须忘却把我们造出来的那个修修弄弄的工作室。必须遵守一份忘却的契约。这是上帝本身强加于我们的。

但是，在让-马克的孩提时代与少年时代之间，肯定有那么短短的一个时期，身处其中的他还不知道必须有这忘却的契约。而且，傻乎乎的他看着眼皮在眼睛上滑来滑去，他发现眼睛不是可以通过它而看到灵魂的窗户，看到一个唯一的、奇迹般的灵魂，而是一台马马虎虎制造出的机器，有个人从遥远的古代就启动了这台机器。

这一少年时代突如其来的清醒时刻，对他一定是个震动。"你停住脚步，"F那样对他说，"你盯着我看，然后用一种异常坚定的口吻对我说：'我只需看她的眼皮如何眨动……'"他想不起来了。那是一次注定要被忘掉的震动。而且，事实上，假如F没有向他提起的话，他会永远地忘记这件事。

他沉思着回到家，打开了尚塔尔的房间门。她正在她的衣橱中整理什么东西，让-马克想看看她的眼皮洗刷她的眼睛。她的眼睛在他看来是一个无可比拟的灵魂的窗户。他走近她，握住她的双肘，看着她的双眼；确实，它们在眨，而且眨得很快，好像她知道她正在经受一次检查。

他看见眼皮在一上一下，飞快地。太快了。他想找回他自己的感觉，十六岁的让-马克的感觉，当时他认为眼睛的这一机械原则极其让人失望。但是她眼皮的不正常的快速，以及它们突然的、不规则的运动使他充满柔情，而非失望：在尚塔尔的这个眼皮刮水器中，他看到了她灵魂的翅膀，这翅膀在颤

73

抖，在惶恐，在挣扎。情感就像一道闪电般突如其来，他一把抱紧尚塔尔。

然后他松开尚塔尔，看到了她的脸，看到她既发窘，又害怕。他对她说："我刚才想看你的眼皮像刮水器刮洗汽车挡风玻璃一样地洗刷你的角膜。"

"我一点也不明白你所说的。"她说，顿时松弛下来。

他于是向她讲述他与之绝交了的朋友为他勾起的已经遗忘的记忆。

22

"F提到的那个想法据说是我在中学时代说的，我听他讲时，觉得完全是奇谈怪论。"

"不，"尚塔尔对他说，"就我对你的了解，你当时一定说过。这像你的所为。想想你在医学院的那段时光吧！"

他向来没有低估过一个人选择职业这一奇妙的时刻。他很清楚，生命太短暂了，这样的选择往往是不可补救的。他当时很焦虑地发现，没有一项职业让他自发地感兴趣。他带着怀疑检查了一遍当时提供的各种可能性：检察官一辈子都在迫害别人；中小学教师是不可救药的坏孩子的出气筒；一些机械领域，它们的进步带来一点小好处，却带来巨大的有害性；社会科学的讲究而空洞的连篇废话；室内装饰（这吸引他，因为他祖父是家具工）完全为他所厌恶的时尚所左右；可怜的药剂师只能卖些瓶子和盒子。他自问：我的一生选择什么职业？他的内心沉浸到一种彻底为难的沉寂中。假如说他最后决定了学医，并不是遵循什么内心秘密的吸引力，而是为了一种理想的利他主义，他认为医学是唯一确信无疑对人有用的事业，而且这方面的科技进步会带来最小的负面效应。

失望很快就来了。在第二学年，他不得不在手术室中度过大段时光。他受到的震动使他一直未能缓过劲来：他无法直面死亡。不久以后，他不得不承认，事实其实更糟糕，他无法直面人的身体，无法面对它那无可弥补的、不负责任的不完善性；无法面对控制着它的支离破碎的运作的时钟；无法面对它的血液，它的内脏，它的痛苦。

当他对 F 提起他对眼皮运动的厌恶之情时，他大概十六岁。当他决定上医学院的时候，他大概十九岁；在那个年龄上，他已经与遗忘签下了契约，他已经记不起三年之前跟 F 说过的这番话。这对他来说很可惜。他要是记得的话一定会当心一点的。他本来可以明白这种对医学的选择完全是理论上的，是在对自己一无所知的情况下做出的。

　　就这样，他学了三年的医，最后带着一种翻船落水的感觉放弃。在经过那么长久的流逝了的年华之后还能选择什么别的职业？他的内心还是那么默不作声，他去投靠什么呢？他最后一次走下医学院外面宽大的台阶时，感到自己将留在一个所有火车都已开走的月台上。

23

为了认出她的通信者，尚塔尔小心翼翼地仔细看了看她周围。在街角处有一家小酒馆：一个监视她的理想地点；从那里可以看到她家的门、她每天经过的两条街，以及她坐车的公共汽车站。她进入小酒馆，坐下，要一杯咖啡，环顾了一眼顾客。在吧台边，她看到一个年轻人。她进来的时候，他把眼光转到别处去了。这是一位常客，她以前见过他。她甚至记得，他们的目光以前曾好几次相遇，他后来装着不再看见她了。

后来有一天，她把他指给她的女邻居看。"那是杜巴洛先生！""杜巴洛还是杜·巴洛？"女邻居不清楚。"那么他的名字呢？您知道吗？"不，她不知道。

杜·巴洛，那是很吻合的。这样的话，她的仰慕者就不是什么夏尔-迪迪埃，也不是什么克利斯朵夫-大卫。D代表贵族姓氏前缀，杜·巴洛先生只有一个单名。西利尔·杜·巴洛，或更好一些：夏尔。她想象那是一个破产的外省贵族家庭。这个家庭十分可笑地为他们的贵族姓氏前缀而自豪。她想象夏尔·杜·巴洛站在吧台前，带着满不在乎的神情。她对自己说，这个贵族姓氏前缀对他很合适，跟他腻味的举止非常吻合。

不久以后，她与让-马克走在街上。杜·巴洛从对面走来。她的脖子上挂着红色的珍珠，这是让-马克送她的礼物，可她觉得太张扬，平时很少挂。她意识到之所以挂它，是因为杜·巴洛认为它很漂亮。他一定会想到是因为他，是为了他，她才挂的。（更何况确实如此！）他匆匆地看了她一眼，她也看了他。一想到珍珠，她的脸就红，一直红到胸脯，她坚信他一定觉察到了。但他们与他已经擦肩而过，他已离他们很远。让-马克感到惊讶："你脸红了！为什么呢？发生了什么事？"

她也感到惊讶！她为什么脸红呢？因为太注意这个男人而感到羞耻？可她对他的注意只是一种毫无深意的好奇！我的天

啊，为什么最近以来，她那么经常地脸红，那么容易脸红，就像一名少女？

她还是少女的时候，确实很容易脸红；她那时正处在成为女人的生理阶段的开端时期，她的身体变得有些碍事，她为之而害羞。成人后，她不再脸红。一阵阵的热潮开始预告这一生理阶段的终止，她的身体又开始让她感到羞耻。她的羞耻心又被唤醒，她又开始学会脸红。

24

信件接连而至，她越来越无法忽视它们的存在。它们都写得充满智慧，很有礼貌，没有任何可笑之处，没有任何不得体。她的通信者什么也不需要，什么也不要求，什么也不坚持。他智慧地（或者狡猾地）把他的本性隐藏在阴影中，还有他的生活、他的情感、他的欲望。他是一个间谍，只写关于她的东西。那不是一些诱惑的信而是仰慕的信。假如里面有诱惑的话，也被看作有一条漫长的路要走。她刚刚收到的这一封却有些大胆："有三天了，我一直没见您的踪影。当我再次见到您的时候，我为您有如此轻盈的步伐、如此挺拔的身姿而叫绝。您就像是一把火焰，为了能够存在下去，就必须跳舞，向上升腾。您比以前更加修长，您走路时周身都是火焰，快乐的、酒神般的、沉醉的、原始的火焰。想起您的时候，我向您裸露的身躯抛去一件用火焰织就的大衣。我用一件大主教的胭脂红的大衣遮住您雪白的身躯。我将这样裹着的您送到一个红色的房间内，放到一张红色的床上。我红色的女主教，美不可比的女主教！"

几天以后，她买下了一件红色的睡衣。她待在家中，在镜子前照着自己。她从各个角度看自己，慢慢提起衬衣的衣角，感觉到自己从来没有显得那样修长，皮肤从来没有那么雪白。

让-马克回来了。他惊讶地看到她以一种轻佻诱惑的步伐，穿着一件裁剪合体的红睡衣，向他走来，围着他转圈，避开他，又让他靠近，又再次躲开。他受到了这一游戏的诱惑，开始在整个房子里到处追逐她。一下子，一个男人追逐一个女人的永恒的场面又出现了，让他亢奋不已。她绕着大圆桌跑，她自己也为一个女人被对她充满欲望的男人追逐这一意象而沉醉。然后，她躲到床上，一下子把睡衣拉到脖子边。这一天，他以一种全新的、意想不到的力气跟她做爱。突然，她感到有个人在那里，在房间里，用一种疯狂的注意力在观察他们，她可以看到他的脸，杜·巴洛的脸，正是他迫使她穿上这红睡衣，向她强加了这次性行为；她一边想象着，一边发出满足的喊叫。

接下来，他们各自躺在对方的身边。监视跟踪她的那个人的意象使她兴奋；她在让-马克的耳边说着悄悄话，关于她裸露着的身上的这件胭脂红的大衣。就这样，她以美不可比的女主教的形象，穿过世界这座人满为患的大教堂。听了这些话，他又一次腾身而上，在她不停讲述的奇思异想的波浪的摇动下，又一次与她做爱。

接着，一切都静下来了；眼前只剩下她的红色睡衣。它已被他们的身体弄皱，落在床角边。在她半闭着的眼前，这个红色的一点幻化成一圃玫瑰花，散发出几乎已被忘却的微弱的花香，那渴望拥抱所有男人的玫瑰花香。

25

第二天，星期六的早晨，她打开窗户，看到天无比的蓝。她感到幸福、快乐，突如其来地对正要出门的让-马克说：

"我那可怜的布里塔尼居斯①还能做些什么？"

"干吗呀？"

"他还是那么淫荡？他还有些许活力吗？"

"你干吗想起他？"

"我不知道。就这样。"

让-马克离去，她独自一人。她来到浴室，又走近她的衣橱，想让自己穿得非常漂亮。她看着一格一格的衣服，有样东西吸引了她的注意力。在上面一层内衣上，她的围巾叠得好好的放在上面，而她记得很清楚当时只是随手一扔。有人将她的东西整理了一下？女佣只是一星期才来一次，而且从来不管她的衣橱。她为自己的观察能力感到惊讶，自己对自己说那是以前在度假别墅的教育下获得的能力。在那里，她总是觉得有人在窥视她，所以学会记住她自己的东西是怎么整理好的，以便能辨认出任何一只陌生的手在那里留下的任何蛛丝马迹。她非常高兴这已经一去不复返。她满意地在镜子里看了看自己，走出家门。在楼下，她打开信箱，又有一封新的信在等她。她把它放进包中，思忖着在什么地方读它。她找到一个小小的公园，坐到一棵椴树宽大的秋叶下面。树的叶子开始发黄，被阳光照得通亮。

"……您的高跟鞋在人行道上回响的声音，让我想到我尚未走的路，它们像树枝一样分岔。您能在我身上唤起我在最早的青年时代天天想的事情：我想象着生活在我面前就像一棵树。我当时把它称为可能性之树。这样去看生活只持续了一小段时光。随后，生活就显得是一条一次性强加下来的路，就像

---

① Britannicus（41—55），古罗马皇帝克劳狄乌斯之子。

是一条隧道，无从出去。然而，原来的树的意象一直在我的身上存在，成为一种抹不掉洗不去的怀旧之情。您让我想起这棵树，作为报答，我要将这个意象转给您，让您听到它迷人的絮语。"

她抬起头。在她头上，椴树的枝杈伸展开来，正如一块饰有鸟儿的金色天花板。就像是信中提到的同一棵树。这棵隐喻的树在她的脑海中与她自己古老的玫瑰的隐喻混合在一起。她必须回家，她又抬起头看一下椴树，算是道别，起身走了。

说实在的，她少年时代的那朵神话般的玫瑰并没有给她带来多少艳遇，而且甚至并不让她想起任何具体的境遇——也许除了一个可笑的英国人。他要比她大得多，大概至少十二年前，来到她的办公室时，曾向她求了半个小时的爱。她到后来才知道他是一个追女人的高手，是个喜欢乱交的人。这次相遇没有任何结果，只是成了她与让-马克之间谈笑的一个题材（正是他给他起了布里塔尼居斯这个绰号），而且在她身上照亮了几个在此之前漠不关心的词，比方说"群交聚会"这个词，还有"英国"这个词。跟别人心目中唤起的不同,"英国"对她来说代表了一个淫乐、罪恶的场所。

在回家的路上,她一直听到椴树上鸟儿的鸣叫,眼前又出现了那个淫荡的老英国人。在这些意象形成的轻雾中,她迈着闲适的步伐,直到走近她住的那条街;在那里,大概在她前方五十米处,小酒馆的桌子搭在外边。她那年轻的通信者独自坐在那里,没有书,没有报纸。他什么也不做,在他前面有一杯红酒,他漠然看着前方,表情显出一种幸福的慵懒,跟尚塔尔相符。她的心开始怦怦直跳。这一切是那么巧妙安排好的!他怎么会知道就在她读完他的信之后就会遇见她?她心乱了,好像赤裸身子外面只穿一件红大衣在走路。她走近他,走近这位她隐私生活的间谍。她离他只有几步之遥了,等着他招呼她。她会怎么反应?她可从未想过要有这样一次相遇!但她不能像一个胆小的女孩子一样地跑开、逃走。她的脚步慢下来。她试着不去看他(我的天啊,她的所作所为真像是一个小女孩,这是否意味着她真的老了?),可奇怪的是,他坐在他的红酒前面，对她根本漠不关心，继续漠然地看着远方，就像没有见到她一样。

她已经离他很远，继续朝她家里走去。是杜·巴洛不敢吗？还是他控制住自己？肯定不是，肯定不是。他的那种漠然完全是真诚的，尚塔尔不可能再有一丝疑问：她弄错了；她可笑地弄错了。

26

晚上，她与让-马克上了餐馆。在旁边的餐桌上，一对男女久久地一言不发。在别人的眼皮底下处理好自己的沉默不是件容易事。这两人的目光应当向哪里看？如果两人双目对视而一直不说话会很可笑的。朝天花板看吗？那会显得是在展示他们的沉默。观察旁边的餐桌吗？他们可能会遇上因他们的沉默而感到好玩的目光，那就更糟糕了。

让-马克对尚塔尔说："听着，他们并非相互憎恨，也不是说漠然已取代了爱情，你不能根据两个人之间交换的词的数量多少来衡量他们相互之间有多少情谊。只不过他们的脑中空空如也。甚至可能他们拒绝说话是出于体贴，因为他们没有任何话可以说。这跟我在佩里戈尔①的婶婶正好相反。我见到她的时候，她就不停地说话。我曾经想弄明白那么饶舌有什么诀窍。她把她看到的和正在做的全部再用话描述一遍，就像是配上音：说她早上醒了，早餐只喝一杯苦咖啡；说她丈夫早餐后去散步，你想想，让-马克，他散步回来就看电视，你想想！他随意挑选频道，后来，他看电视累了，就随便翻书看。就这样，——这可是她的原话——时间就让他给过了……你知道，尚塔尔，我非常喜欢这些简单的话，日常的话，就像是对一种神秘下的定义。这句'就这样，时间就让他给过了'是一句极重要的话。他们的问题是时间，就让时间过去，让时间自己过去，让时间单独过去，而没有来自他们的任何努力，他们无须像一些疲惫的步行者一样，自己去穿越它。而这就是她说话的原因，因为她说出的话悄悄地让时间流动，当她的嘴巴闭上时，时间就静止不动，从幽暗深处冒出来，变得硕大而沉重，让我那可怜的婶婶害怕。她一害怕就赶紧找一个人，告诉他她女儿的孩子得病了。腹泻，对，让-马克，腹泻，腹泻。她

---

① Perigord，法国的一个地区。

去找医生。这个医生你不认识的，他住得离我们家不远，我们认识他已经好多年了，对，让-马克，认识好多年。这个医生也给我治过病，去年冬天我得了流感，你还记得吗，让-马克，我发烧得厉害……"

尚塔尔笑了，让-马克又讲起另一个回忆："我那时还不到十四岁，我的祖父，不是那个做家具的，是另一个，病危了。有好几天，从他嘴中发出一种声音，什么也不像，甚至都不像是呻吟，因为他并不难受；也不像是说话，因为他发音不清晰，不是说他失去说话能力，而是他没有任何话要说，没有任何要交流，没有任何具体的信息，他甚至不想跟人说话，他对任何人都不感兴趣。他就一个人，跟他发出的声音在一起，只是一个单音，'啊啊啊啊啊'，只在他吸气的时候才停一会儿。我看看他，就像被催眠了一样，而且我一直没有忘记这一幕，因为，我虽然还是个孩子，我认为我明白了：这就是生活的本来面目在跟时间的本来面目相撞击；而且我明白了这种撞击就叫作无聊。我祖父的无聊就通过这个声音表达出来，通过这一声声无尽的'啊啊啊啊啊'。因为没有这'啊啊啊啊啊',时间就会把他碾碎。面对时间,我的祖父只有这么一个可怜的武器可以挥舞,这可怜的,没完没了的'啊啊啊啊啊'。"

"你是说他快死了,又觉得无聊。"

"对,就这意思。"

他们谈论着死亡、无聊,他们喝了波尔多红酒,他们笑着、逗着乐,他们很幸福。

接着,让-马克又接上他的想法:"我还要说,无聊的总量,假如无聊是可以测量的,今天比以前要大得多了。因为从前的职业,至少有一大部分,都是因为有一种个人狂热的依恋:农民热爱他们的土地,我的祖父是一位能做出漂亮桌子的魔术师,鞋匠心里知道村里所有人的脚是什么样子的,管林人,园丁,等等。我设想甚至那些战士也是带着热情去杀人的。生命的意义那时不是个问题,这种意义自然而然地跟他们在一起,在他们的工作室里,在他们的田野里。每一个职业都创造出了它的思维方式,它的存在方式。一个医生跟农民想的不一样，一个军人跟一个老师的举止不一样。今天我们都是一样的，我们都被我们面对工作的那种一致的无所谓而联合在一起。这种无所谓成了热情。这是我们时代的唯一的共同热情。"

尚塔尔说："可是，别忘了，你自己，你做滑雪教练员的时候，你在杂志上写室内设计方面的文章的时候，或者后来写关于医学的文章的时候，或者当你在一家家具厂画设计图的时候……"

"……对，那曾是我最喜欢的，可后来没成……"

"……再或者，你在失业、无所事事的时候，你那时也一定觉得无聊！"

"我认识你的时候，一切就都变了。不是说我的那些小工活计变得更加有意思，而是因为我让我身边发生的一切都变成我们谈话的话题。"

"我们也可以说些别的东西！"

"两个人相爱，愿意只有他们两人，与世隔绝，这是很美的事情。但他们用什么来滋养每天的面对面相见？世界虽然实在让人瞧不起，但他们需要这个世界来进行谈话。"

"他们也可以不谈话啊。"

"就跟旁边餐桌上那两人一样？"让-马克笑了，"哦，不，没有任何爱情可以在一言不发中继续存在。"

27

侍者弯腰送上甜点。让-马克换了一个话题："你认识我们在街上时不时看到的那个乞丐吗?"

"不认识。"

"哎呀,你肯定注意过他。一个四十来岁的男的,像个公务员或者中学老师,每次都是不好意思得要命,伸手要几个法郎。想起来了吗?"

"想不起来。"

"你肯定知道!他每次都立在一棵梧桐树下,这街上只剩下这一棵梧桐树了。从你房间的窗口还能看到它的叶子。"

梧桐树的形象突然让她想起来了:

"啊,对了!我想起来了!"

"我曾经特别想跟他说话,谈一回,知道他究竟是谁,可你无法想象这有多难。"

尚塔尔没有听到让-马克的最后几句话；她眼中出现了那个乞丐。站在树下的人。一个不引人注目的人，他审慎得让人惊讶。他总是穿得十分讲究，所以行人都不太知道他在行乞。几个月前，他向她开口了，有礼貌地向她要求施舍。

让-马克接着说："很难，是因为他有很强的戒备心理。他不会明白我为什么会愿意跟他谈话。出于好奇吗？他一定害怕这个。出于怜悯吗？那有多污辱人。是要给他点什么？可我该给他什么呢？我试着想象我就是他，想明白他会从别人那里需要些什么。可我想不出来。"

她想象着他站在树下，正是这棵树让她突然想到，就像闪电一样，写那些信的人，是他。这个树下的男人用的那个树的隐喻暴露了他，因为他沉浸在他那棵树的意象中。她的想法飞快地一个接一个：没有别人可以像他一样，没有工作，有的是时间，可以悄悄地把一封信放进信箱；没有人可以像他一样，以他的无所事事为掩护，在她的日常生活中跟踪她而不被

96

察觉。

让-马克接着说："我可以跟他说，来帮我整理整理地窖。他会拒绝的，不是出于懒惰，而是因为他没有工作服，而且需要让他的套装保持纹丝不乱。可我真想跟他说话，因为他是另一个我！"

尚塔尔没有听见让-马克的话，说："他的性生活会是什么样子？"

"他的性生活，"让-马克笑了，"没有，没有！只有些梦！"

"一些梦。"尚塔尔对自己说。原来她只不过是一个可怜人的梦。可为什么他要选择她，偏偏是她？

让-马克又回到他顽固的思路上："有一天我要对他说，来跟我喝杯咖啡吧，您是另一个我。您在经历着的命运，我只是侥幸躲开了。"

"别说傻话，"尚塔尔说，"你可没有这样受到一种命运的威胁。"

"我永远也不会忘记那一刻，我走出医学院，明白所有的火车都已经开走。"

"对，我知道，我知道，"尚塔尔说，她已听过好几次这个故事了，"可你怎么能够将你的小小的失败，跟一个等着行人在他手中放上一个法郎的人的真正不幸相提并论呢？"

"放弃学业不是一种失败，我当时放弃的是抱负。我突然成了一个没有抱负的人。而一旦没了抱负，我突然就处于世界的边缘。而且，更糟糕的是：我一点都不想去别的地方。我一点也不想，尤其是因为我不会落到任何悲惨的地步。可假如你没有抱负，假如你不一心想成功，想出名，你就处于堕落的边缘。我承认我很舒适地处身其中。但不管怎样，我所处身的是堕落的边缘。所以，毫不夸张地说，我跟这乞丐是同处一边的，而不是处于这家我现在感到十分惬意的漂亮餐馆的老板的一边。"

尚塔尔对自己说，我成了一名乞丐的性偶像。这可是一种滑稽的荣耀。然后她又自我纠正：为什么一个乞丐的欲望要比一名商人的欲望不值得尊重呢？由于这种欲望毫无希望，它们反而有着无价的品质：它们是自由而真诚的。

　　按着，她又有一个想法：那天穿着红睡衣与让-马克做爱时，那个观察他们并跟他们在一起的第三者，不是小酒馆里的年轻人，而是这个乞丐！事实上，是他在她肩头披上红色的大衣，是他让她变成一名放荡的女主教！有好一会儿，这个想法让她不舒服，让她发窘，可她的幽默感很快又占了上风。在她心底，她悄悄地笑了。她想象着这个男人，那样的不好意思，打着他那令人感动的领带，紧靠在他们房间的墙上，手向前伸出，一动不动，淫邪地看着他们在眼前男欢女爱。她想象在做爱戏完了之后，浑身赤裸、汗水淋淋的她从床上起来，从桌上取了钱包，在里面找出零钱，放到他的手中。她差一点笑出声来。

28

让–马克看着尚塔尔，她的脸突然因内心秘密的快乐而粲然。他不想问她为什么，只是享受着看她的乐趣。当她沉浸在自己的那些乱七八糟的意象中时，他对自己说她是他跟世界的唯一感情纽带。跟他讲囚犯、讲被迫害的人、讲饥饿的人？他只知道一种完全个人化的、痛苦的、被他们的不幸感动的方式：他想象尚塔尔有了同样遭遇。跟他讲在一次内战中有妇女被奸污了？他就看到是尚塔尔在那里被奸污。是她而不是任何别人，将他从漠不关心中解放出来。只有通过她，他才能有怜悯之心。

他很想告诉她这一点，但他太害羞了，不愿表现出悲怆感。更何况另外有一个想法，完全相反的想法，突然出现：要是他失去了这个将他与别人联系起来的唯一的人呢？他想到的不是她的死，而是一种更为微妙的东西，更为不可捉摸。这个想法这几天一直在萦绕着他：有一天，他会突然认不出她来；有一天，他会发现尚塔尔不是那个他与之生活过的尚塔尔，而是那个在沙滩上他以为是她的人；有一天，尚塔尔对他来说的确定性突然显得是虚幻的，她会在他眼中变得跟所有别人一样的无所谓。

她拿起他的手："你怎么了？你又忧伤了。几天来，我发现你很忧伤。你怎么了？"

"没什么，什么也没有。"

"肯定有什么。告诉我，这一阵子什么事情让你忧伤。"

"我想象你成了另外一个人。"

"怎么回事？"

"你成了跟我想象的不同的人。我把你的身份搞错了。"

"我不明白。"

他看到了厚厚一堆胸罩。胸罩堆起了忧伤的小山丘。可笑的小山丘。可在这个幻觉的后面，坐在他对面的尚塔尔的真实的脸穿过幻觉，又呈现出来。他感觉到她的手在他自己手上的接触，那种对面是一个陌生人或叛徒的感觉很快就消逝了。他笑一笑："忘了这事吧。我什么也没有说。"

29

背紧靠着房间的墙，他们在房间里做爱；手伸开，眼睛贪婪地看着他们的裸露着的身体。在饭馆晚餐的时候，她是这样想象他的。现在他的背紧靠着树，手笨拙地伸向行人。一开始她想假装没有看到他，然后，有意地，自愿地，她在他面前停下，带着一种朦胧的将这一不明不白的处境了断的想法。他头都不抬，重复着他的那句套话："请您帮帮我。"

她看看他：他穿着清洁，十分讲究。他打着一根领带，花白的头发向后梳去。他英俊吗？他丑吗？他的处境将他置于美丑之上。她想对他说些什么，但她不知说什么。她不知所措，说不出话来。她打开钱包，找些零钱，可里面除了几个生丁以外什么也没有。他立在那里，一动不动，可怕的掌心向她伸出，他那一动不动的姿势更增加了沉默的重量。这个时候说，对不起，我身上什么也没有，她好像做不到，她于是想给他一张钞票，可只找到一张二百法郎面值的；这个不成比例的施舍让她脸红，她感到有一种养着一个臆想中的情人的感觉。好像给他太多的钱是为了让他给她写情书。乞丐的手感到不是一小块冰凉的金属而是一张纸，他抬起头，她于是见到了他惊讶的眼睛。这是一种害怕的目光，而她感到很不自在，就很快跑开了。

当她把纸币放到他手中的时候，她还在想那是在给她的仰慕者。在离开他很远的时候，她才终于有了一丝清醒：在他的眼中没有一丝会意的光芒，没有对一种共同的冒险的暗示；只是一个可怜的人受惊吓时的惊讶。一切都突然变得明朗：认为这个男人就是写那些信的人是荒谬至极的事情。

她头脑中产生了对自己的愤怒。她为什么要对这件无聊的事那么关注？为什么，即使在想象中，她还对这件由一个无聊的、无所事事的人一手策划的小冒险毫无拒绝？她一想到在胸罩下的那堆信就突然觉得让人无法接受。她想到的那个观察者在一个秘密的地方检查她所做的一切，但不知道她的任何想法。仅凭他所见到的，他只能把她看作是一个普通的喜爱男人的人。更糟糕的是，看作一个愚蠢的罗曼蒂克的女人，把她所幻想的一切跟爱情有关的材料都当作神圣的物品一样保存起来。

她再也无法忍受这位看不见的观察者的嘲讽的目光，一回到家中就向衣橱走去。她看到她的那一堆胸罩，有件事情让她吃惊。当然，昨天她就发现了这一点：她的围巾没有像她折的那样折叠着。她昨天那种兴奋的状态使她很快就忘了这一点。可这一次，她可不能让这一只不是她的手留下的蛛丝马迹从她眼皮底下溜过。啊，太清楚了！他读那些信了！他在监视她！他像个间谍一样在窥视她！

她心中充满愤怒，冲着不同的对象，冲着那个陌生男人，他也不说声对不起，就拿一些信来烦她；冲着她自己，居然傻乎乎地把它们藏起来；也冲着窥视她的让-马克。她取出那堆信，走向（她已经多少次这样做过！）洗手间。在洗手间撕毁它们、扔到水里冲走之前，她又看了最后一遍。她越看越有疑心，觉得笔迹很可疑。她仔细检查一下，每一次都是同一种墨水，字符都很大，微微向左倾斜但每一封信又都不同，仿佛写信的人没能保持住同一种字体。这一观察让她感到十分惊讶。她不撕信，坐到桌前，又读起来。她停在第二封上，那是对她上洗染店时的描写：当时是怎么发生的？她当时跟让-马克在一起，是他拿的手提箱。在店里，她记得很清楚，也是让-马克让那女老板发笑的。她的通信者提到女老板的笑声，可他怎么能够听到这笑声？他说是从街上观察她的。可有谁可以观察她而不被她发现呢？没有什么杜·巴洛，没有什么乞丐。只有一个人：那个跟她在洗染店里的人。那句"某种人为地添加到您生活中的东西"，原先她以为是针对让-马克的一种笨拙的攻击，实际上是让-马克本人带有自恋性质的献殷勤。

对，正是他的自恋暴露了让-马克，那是一种自怨自艾的自恋，想对她说：只要有了另一个男人出现在你的生活道路中，我就成了一个无用的物体，添加到你生活中去的。接着，她想起在饭馆吃完晚餐后他那句奇怪的话。他对她说，他可能弄错她的身份，说她可能是另一个人！"我像一个间谍一样地跟踪您"，他在第一封信中写道。这个间谍原来是他。他在检查她，他为她想出各种试验，以证明她不是他所想象的那样的！他以一个陌生人的名义给她写信，然后观察她的行为举止，他窥视她直到衣橱，直到胸罩！

可他为什么要这么做呢？

只有一种回答：他想给她设圈套。

可为什么要对她设圈套呢？

为了摆脱她。事实上，他更年轻，她老了。她尽管把她那一阵阵热潮隐藏起来，可她还是老了，而且这看得出来，他在寻找一种离开她的理由。他不能对她说：你老了，我还年轻。他太有礼貌、心太善，不可能这么做。可一旦他确信她在背叛他，确信她可能背叛他，他就可以轻松地、冷酷地离开她，就像他曾经轻松、冷酷地将他的那么一个老朋友 F 从生活中抹去一样。他的这种奇怪的快乐的冷酷一直让她害怕。现在她明白这种害怕是一种预兆。

30

　　他在为他们的爱情制作的珍藏录的最前面就记下了尚塔尔的红晕。他们第一次相遇时，周围全是人，在一个大厅里，中间有一张长长的桌子，上面放满香槟酒和盛满面包片、肉酱、香肠的盘子。那是一个山居旅舍。他当时是滑雪教练，某个晚上纯粹偶然地被邀请跟一个研讨会的成员一起参加晚会。这个研讨会每天晚上都以一个小型的鸡尾酒会结束。他被飞快地介绍给她，他们互相之间都无法记住各自的名字。他们只说上几句话，而且当着别人的面。第二天，让-马克没被邀请，但还是来了，只是为了能再见到她。看到他的时候，她脸红了。她一红起来不光是脸颊上红，脖子上也红，而且更向下些，红遍了敞胸上衣露出的地方。她在别人眼中，红得美轮美奂，是因他而红，为他而红，这片红晕是她的爱情宣言。这片红晕决定了一切。三十分钟之后，只有他们两人待在一个长长的阴暗的走廊里；他们一句话也没有说，就贪婪地相互热吻起来。

后来，在好几年内，他再没见她脸红过，这让他确信当时这片红晕的不同一般的含义。它在他遥远的过去中，像一颗无价的红宝石一样闪闪发光。后来，有一天，她跟他说男人们不再回头看她了。那些本身没有太多意义的词，因为有了伴随它们的红晕而变得重要。他不能够对色彩的语言装聋作哑，那是他们的爱情语言，跟她所说的那句话连在一起后，让他觉得是在诉说衰老的痛苦。所以，在一个陌生人的面具下，他给她写道："我像一个间谍一样地跟踪您。您很美，非常美丽。"

当他把第一封信放到信箱里的时候，他甚至都没有想给她发别的信。他没有任何计划，他不想有什么未来，他只是想让她高兴，而且是现在，马上，让她摆脱这一令人沮丧的感觉：男人们不再回头看她了。他没有试着去预想她的反应。假如说他还是努力去猜想了，那么他曾假设她会让他看这封信，同时说："看！男人们还是没有都把我忘了！"然后，带着一个恋人的全部天真，他会在这个陌生人的赞扬之上再添上他自己的赞美之言。可她什么也没有让他看。没有终止点，片断依然是片断。在后来的几天里，他偶然撞上她失望的时候，看到她被死亡的想法所缠绕，所以他不管好歹就继续下来。

写第二封信的时候，他对自己说：我成了西拉诺了。西拉诺，一个在别人的面具下向他所爱的人表达衷肠的人。由于没了自己的名字的负担，他的口才突然变得毫无羁绊。所以，在信的下方，他加上了署名，C. D. B.。这是只有他一个人知道的密码，仿佛他想在所过之处留下一个秘密的记号。C. D. B.：西拉诺·德·贝尔热拉克①。

他继续做着他的西拉诺。他怀疑她不再相信自己的魅力了，就为她提到她的身体。他试着去提到每一个部分，脸、鼻子、眼睛、脖子、腿，让她再一次感到自豪。他很高兴看到她带着更大的乐趣去穿着打扮，看到她变得更加快乐；但他的成

---

① Cyrano de Bergerac（1619—1655），法国作家。其故事曾于一九九〇年代初拍成同名电影，一译《大鼻子情圣》。

功也同样让他气恼：以前，她不喜欢在脖子上挂红珍珠，即使是他要求她挂，她却听从了另一个人的话。

西拉诺不可能不带妒忌地生活。那天他不小心走进尚塔尔的房间，看到尚塔尔俯身在看衣橱里的一格，他很明显看出她的窘态。他跟她讲洗刷眼睛的眼皮，假装什么也没有看到；第二天，当他独自一人在家时，他才打开衣橱，在那一堆胸罩的下面看到他的那两封信。

于是他又陷入沉思，又一次自问为什么她没有给他看信。回答显然是很简单的。假如一个男人给一个女人写信，那是为了准备好一个场地，接下来他可以在上面接触她、诱惑她。而假如一个女人把这些信作为秘密，秘而不宣，那是她希望通过今天的小心翼翼来保得明天的艳遇。假如她还把它们保存起来，那就是说她愿意把这一未来的艳遇看作是一场爱情。

他在开着的衣橱前站了良久。后来，他每一次在信箱中放一封新的信，就要去看一眼在那堆胸罩之下是否可以找到它。

31

假如尚塔尔有一天得知让-马克对她不忠,她会痛苦,但这可以说是在她的意料之中的。可是这一窥视行为,这一他让她承受的警察般的试探,跟她所了解的他实在不相符。当他们认识的时候,他不愿意知道、不愿意听她讲任何关于她过去生活的事情。很快她就同意了这种彻底的拒绝。她对他从未有过任何秘密,对他只不说一些他不爱听的事儿。她看不出有任何理由,让他突然之间开始怀疑她,监视她了。

突然,她记起那句关于大主教的胭脂红衣服的话,那句话曾让她晕乎乎地陶醉不已。她感到害臊:她是那样容易地接受别人在她胸中投下的意象!她在他眼中一定显得那么的可笑!他把她像只兔子一样地放到一个笼子里面。他观察她的反应,既不怀好意又觉得好玩。

可要是她弄错呢？她不是已经错过两次了吗，每次都自以为已经找到了她的通信者的真面目？

她去找出让-马克以前给她写过的几封信来，跟 C. D. B. 的信相比较。让-马克的笔迹稍稍向右倾斜，字符往往很小，而在陌生人的所有信件中，字体都很大，而且向左倾斜。但正是这种太明显的不同暴露了骗局。谁要是想隐瞒自己的笔迹，首先会想到要改变它的倾斜方向和大小。尚塔尔试着比较让-马克与陌生人笔下的 f，a，o。她发现，尽管大小不同，图形看上去却差不多。可当她一遍又一遍地继续比较它们的时候，她又不再那样确信。哦，不，她可不是笔迹专家，不能有任何确信。

她选了让-马克的一封信和署有 C. D. B. 名字的信；她把它们放入包中。别的信怎么办？放到一个更安全的隐蔽的地方？又有什么用。让-马克已知道那些信，他甚至知道她放在哪里。她不能让他明白她已感到被监视了。她于是把它们按原样放到衣橱里。

然后她去按了一家笔迹研究事务所的门铃。一个穿深色套装的年轻人接待了她，穿过一个走廊，把她引到一间办公室内。在一张办公桌后坐着另一个男子，身材魁梧，穿短袖衬衣。年轻人在办公室的深处靠墙倚着，身材魁梧的人站起来握了握她的手。

那人又坐下了。她坐到他对面的一张椅子上。她把让-马克和C. D. B.的信放到桌上；她有些拘谨地向他解释她想知道什么结果。那人用一种拒人千里之外的口吻对她说："我可以对您认识的那个人进行心理分析，但很难对一种假冒的笔迹进行心理分析。"

"我不需要心理分析。写这些信的那个人的心理我很了解，假如是我所设想的那样，是他写的。"

"您所想要的，假如我没有理解错误的话，是要确信写这封信的人——您的情人或丈夫——跟这里改变了笔迹的人是同一个人。您想戳穿他。"

"不完全是这样。"她说，有些发窘。

"不完全是，可几乎是。只不过，夫人，我是个笔迹和心理专家，我不是私人侦探，而且我也不跟警察合作。"

小小的办公室陷入一片沉默，这两个男子没有一个愿意打破沉默，因为没有一个对她抱有同情之心。

在她的体内，她感到一股热潮在上升，一股强有力的、原始的、扩散着的热潮。她变红了，全身通红；关于大主教的胭脂红大衣的那些话又穿过她的脑海，因为确实她的身体现在被裹在了一件由火焰织成的华美的大衣之中。

"您来错地方了，"那人又开腔道，"我们这里可不是告密事务所。"

她听到"告密"这个词，她的那件火焰大衣变成羞耻心的大衣。她站起身来想拿回她的信。可在她拿到信之前，在门口接待她的那个年轻人绕到办公桌的后面；他站在身材魁梧者的旁边，仔细看了两个笔迹，说这当然是同一个人写的；然后，对她说："看看这个 t，看看这个 g ！"

突然她认出他来：这个年轻人就是她在等让-马克的那个

诺曼底小城咖啡馆里的侍者。她一认出他来，就在燃烧着的身体内部听到自己的声音在惊呼："这一切都不是真的！我是在臆想，我在胡思乱想，这不可能是真的！"

年轻人抬起头，看着她（好像他要向她展示他的面孔，让她认得更准确些），带着一种既温柔又瞧不起人的微笑，对她说："当然！是同一笔迹。他只是把它放大并向左倾斜。"

她什么也不愿听。"告密"这个词已经把所有别的词全赶跑了。她觉得自己像个拿着一根在不忠的床上找到的头发跑到警察局去告她的心上人的女人。她终于拿回信，一言不发地转身要走。年轻人又一次换了位置：他已在门边，为她开门。她离他只有六步远，这短短的距离让她觉得是没有尽头的。她浑身发红，她在燃烧，她浑身汗淋淋的。在她面前的男子是那么傲慢地年轻而且他傲慢地看着她的身体。她可怜的身体！在年轻人的目光之下，她觉得自己眼看着就衰老了，以加速度在衰老，而且在光天化日之下衰老。

她觉得在诺曼底的海滨咖啡馆经历过的场景又重演了：那

时他带着巴结讨好的微笑，挡住走向门口的路，她以为出不去了。她等着他玩同样的把戏，可他礼貌地站在办公室的门边，让她过去；然后，她迈着老妇般的迟疑步伐，走上通向入口处的走廊（她感到他的目光落在她的湿湿的脊背上）。当她终于走到楼道里的时候，她觉得仿佛逃避了一次巨大的灾祸。

32

那天他们一起走在街上，相互间谁也不说话，周围见到的只是些陌生人，她为什么突然脸红了呢？没法解释。他有些困惑，忍不住说："你脸红了！你为什么脸红？"她没有回答，他发现在她身上产生了一种不为他知的东西，让他不知所措。

仿佛这一片断又点燃了他在爱情珍藏录中记下的那高贵的颜色，他就给她写了一封关于大主教的胭脂红大衣的信。在他的西拉诺的角色中，他取得了他最了不起的功绩：他把她迷惑住了。他很为他的信、为他的诱惑而自豪，但他感到一种从未有过的强烈的妒忌。他创造出了一个幽灵般的男人，而且就这样，出于无心地，让尚塔尔经受了一次考验，看她对另外一个人的诱惑有多敏感。

他的妒忌不像年轻时的妒忌，那是想象力在一种令人痛苦的性幻想上添油加醋的情形。这一次，它没让他那么难受，但更具摧毁力：悄悄地，它将一个被爱的女人变成了一个被爱女人的虚幻的幌子。而且由于她对他来说不再是一个可以确定的女人，在世界没有价值的一片混沌中，再也没了任何稳定的支点。面对一个被换掉实质的（或者说失去实质的）尚塔尔，一种奇怪的、忧郁的漠然攫取了他。并非是对她的漠然，而是对一切的漠不关心，假如尚塔尔只是一个虚假的模拟物，那让-马克的整个生活也是。

最后，他的爱战胜了妒忌和怀疑。他俯身在打开的衣橱前，眼睛盯着胸罩。突然，不知道出于什么原因，他觉得非常感动，被女人把一封信藏在内衣底下的这一古老的动作所感动，被他那唯一的、不可模仿的尚塔尔将她融于与她一样的女人的无尽的队列中的动作所感动。他从不想知道他没有与之分享的她的那一部分隐私的生活。为什么现在要对之感兴趣，甚至为之愤怒呢？

而且，他自问，什么是隐私？一个人的最具个性的、最独特的、最神秘的部分是否就隐藏在那里？是否她的秘密让尚塔尔成了他所爱的唯一的人？不。隐私的东西是最普通的、最平凡的、最具重复性的，是大家都具有的：身体，以及它的需求，它的疾病，它的癖好，比方说便秘，或者是来月经。我们之所以有羞耻心地掩藏这些隐私，并非由于它们是那样地具有个人性，而正相反，因为它们是那么可怜地不具个人性。他怎么能够因为尚塔尔是她的性别中的一员而恨她，恨她跟别的女人一样也戴胸罩，同样也带有"胸罩心理"？就好比他自己不具有某种永恒的男人的愚蠢一样！他们两个人都来源于那个修修弄弄的工作室，他们的眼睛被眼皮的一眨一眨的运动搞糟了，他们的腹中被装上了一个发臭的小小的工厂。他俩都有一个身体，在里面，这可怜的灵魂只有那么狭小的位置。难道他们不应该相互谅解这一点吗？难道他们不应该对他们隐藏在抽屉深处的小小的可怜的东西不理不睬吗？他感到了一种巨大的同情心，为了给这件事最后一个终结，他决定给她写最后一封信。

33

　　他俯身面对着一张白纸，又想到了他曾经做过的西拉诺（他现在还是，最后一次了）说起的可能性之树。可能性之树：生活以本来的面目展示给一个惊讶地发现自己已处于成人阶段的人。无数的树枝，上面满是欢唱的蜜蜂。他于是觉得明白了为什么她从来没有向他出示那些信：她希望独自一个人去听那树的沙沙声，不要他在身旁。因为他让-马克代表了对所有这些可能性的取消，他把她的生活缩减为只有一种可能性（尽管这种缩减带来了幸福）。她不能跟他谈这些信是因为，出于真诚，她马上就会告诉他、告诉自己，她对这些信所许诺的各种可能性并不感兴趣，她提前放弃这些信让她看到的这棵已经逝去了的树。他怎么能怨她呢？说到底，是他自己想让她听到带有沙沙的茂密树枝声的树的吟唱。她只不过是按让-马克的意愿去做罢了。她听从他。

他俯身向着白纸，对自己说：这吟唱的回响一定要保留在尚塔尔的心中，即使这一段通信故事要结束了。于是他写下，有一件意想不到的事务使他不得不离开。然后他又减弱一下他的决断："真的是一次意想不到的远行吗？还是，我之所以写那些信，就是因为我知道它们是不会有结果的？我难道不是确信有一天会走，才会那样完全直率地跟您说话？"

走掉。对，这是唯一可能的结局。可是去哪里呢？他想了又想，不提去哪里？那显得有点太罗曼蒂克式的神秘，或者说太不礼貌的躲躲闪闪。确实，他自己的生活必须隐藏好，所以他不能够说他为什么要走，因为说出原因就会指出这位通信者的假想的身份，比方说他的职业。但是，说他去哪里会更自然些。一个法国城市？不，这个理由不足以中断通信。要走得远些。纽约？墨西哥？日本？这可有些可疑。必须瞎编一个国外的城市，但又很近，很普通。伦敦！对了，这显得多合逻辑，多自然，他一边自言自语一边笑：确实，我只能去伦敦。他马上又自问：为什么伦敦让我觉得那么自然？于是他想起了尚塔尔和他经常开玩笑的那个伦敦人，那个到处追女人的人，当时他给过尚塔尔一张名片。英国人，大不列颠人，让-马克给他取了布里塔尼居斯这个绰号。不错：伦敦，淫荡的梦想之都。他那陌生的仰慕者到那里，就会融入群交者、狂追女人者、泡妞高手、性幻想者、变态者、淫邪者的人群之中。他会在那里消失得无影无踪。

他接着想：伦敦这个词，他要留在他的信里，作为署名，作为他与尚塔尔对话的几乎不可察觉的线索。他暗自嘲笑自己：他希望保持陌生，让人无法辨认，因为这个游戏要求他这样。然而，一种相反的要求，一种没有道理的、无法辩解的、非理性的、秘密的，同时肯定是愚蠢的需求让他不要完全不被人察觉，要留下一个痕迹，在某处藏下一个有密码的署名，让一个陌生的、又特别清醒的观察者可以认出他来。

他下楼去把信放到信箱里，就听到尖尖嗓子的声音。来到下边，他看清了：一个女人，带着三个小孩，站在门铃前。他绕过他们，走向对面墙上的一排排信箱。他回转身来时，发现那女人正在按上面写有他和尚塔尔名字的门铃。

"你们找谁？"他问道。

女人说了一个名字。

"那就是我！"

她向后退了一步，带着一种明显的赞美看着他："就是您！哦，我真高兴认识您！我是尚塔尔的大姑子！"

34

他有些不知所措，只好请他们上楼。

"我不想冒昧打搅您。"他们都进了屋以后，大姑子说。

"你们没有打搅我。况且，尚塔尔一会儿就回来。"

大姑子开始说话；她时不时地看一眼那些孩子，他们一个个都非常安静、羞怯，甚至有点惊呆了。

"我想让尚塔尔看看他们，"她一边摸着其中一个的脑袋，一边说，"她一个也不认识。他们都是她走之后生的。她那时很喜欢孩子的。我们的别墅里全是孩子。她的丈夫是很可恶的，我不该这么说我的弟弟，可他又结婚了，不再来看我们。"她笑了："其实，我一直喜欢尚塔尔，胜过喜欢她丈夫！"

她又向后退了一步，用一种赞美和挑逗的目光上下打量让-马克："啊！她真会挑男人！我来是为了告诉您，我们家欢迎您常来做客。您要是来，给我们带回尚塔尔，我会对您非常感激的。我们家的门随时为您开着。永远。"

"谢谢。"

"您个子很高。啊，真让我喜欢，我弟弟比尚塔尔个头还小。我老觉得尚塔尔是他的妈妈。她以前叫他'我的小老鼠'，您想想，她给他取了一个女性化的绰号！"

她放声大笑，接着说："我老想象她把他搂在怀里，轻轻地摇晃着他，在他耳边柔声地说'我的小老鼠，我的小老鼠'！"

她跳着走了几步，双手向前伸，仿佛抱了个婴儿，重复说："我的小老鼠，我的小老鼠！"她又接着跳了一会，等着让-马克发笑。为了让她满意，他强迫自己笑了一笑，想象尚塔尔跟一个被她称为"小老鼠"的男人在一起。大姑子继续说话，而他怎么也摆脱不了这个让他起鸡皮疙瘩的意象：尚塔尔叫一个（比她更矮的）男人"我的小老鼠"。

旁边的房间传来响动。让-马克意识到孩子们已经不跟他们在一起了；这就是入侵者狡猾的战略：在他们不引人注目的外表的掩护下，他们成功地混入尚塔尔的房间；起先像一支秘密的小分队，然后，悄悄地在他们身后关上门，变得像征服者一样疯狂。

让-马克有些担心，可大姑子让他放心："没事。他们都是孩子。他们在玩。"

"啊，对，"让-马克说，"我知道他们在玩。"说完他走向热闹的房间。大姑子动作更快。她打开门：他们已经把一张转椅变成旋转木马，一个小孩子躺在座位上，在那里转圈，另外两个一边叫着，一边看着他。

"他们在玩呢，我跟您说了。"大姑子又说一遍，关上门。然后，她带着一种默契的眼光说，"他们都是孩子。您能拿他们怎么办？可惜尚塔尔不在。我真想让她见见他们。"

旁边房间里的响动已变成一片喧闹声，让-马克一点也不想过去让孩子们静下来。他的眼中只见到一个尚塔尔，在一大群亲戚的包围下，在她怀抱中轻轻摇晃着一个小个子的男子，叫他"我的小老鼠"。在这个意象上又添上了另一个：尚塔尔带着妒忌把一个陌生的仰慕者的信件珍藏起来，以便不把对一种艳遇的许诺扼杀在摇篮里。这个尚塔尔一点也不像她；这个尚塔尔不是他所爱的；这个尚塔尔只是一个虚幻的幌子。一种奇怪的、想摧毁一切的欲望充斥着他，他为孩子们发出的喧哗而高兴。他希望孩子们毁了房间，毁了他所喜爱的、却已经成了一个虚幻的幌子的小小世界。

其间，大姑子接着说："我兄弟对她来说太弱小了，您明白吗，太弱小了……"她又笑了，"……各方面来说都太弱小了，您明白吧，您明白吧！"她又笑了，"而且，我可不可以给您一个建议？"

"讲吧。"

"一个非常隐秘的建议！"

她的嘴贴近让-马克，跟他说些什么，可在碰着让-马克的耳朵时，她的嘴发出些声响，使她的话听不清楚。

她离远了些，笑着说："您觉得怎么样？"

他什么也没明白，可他也笑了。

"啊，您觉得好玩！"大姑子接着说，"我可以跟您讲一大堆诸如此类的事情。哦，您要知道，我们两个之间毫无秘密。您跟她要是有什么问题，尽管跟我说，我可以给您非常好的建议！"她笑着说，"我知道怎么驯服她！"

让-马克想道：尚塔尔一说起她大姑子的家就充满敌意。怎么她的大姑子对她会表现出这么直率的好感呢？那么，尚塔尔恨他们到底说明什么？一个人怎么能又憎恨人家，又跟所憎恨的那么融洽呢？

旁边的房间里，孩子们闹得更欢了。大姑子朝着他们的方向做个手势，叹了一口气："我看出这一点也不打扰您！您跟我一样。您要知道，我是个没有条理的女人。我喜欢闹腾，我喜欢转来转去，我喜欢有人在唱啊，闹啊，总之，我喜欢生活！"

后边是孩子们的喊声，他的思想继续着。她那么轻松就跟她所憎恨的打成一片，难道真的是件了不起的事情？具有两张面孔，难道真的是一种胜利？他以前一想到她在广告圈里就像是个不速之客、一个间谍、一个戴着面具的敌人、一个潜在的恐怖分子，心里就高兴。可她并非一个恐怖分子，更确切地说，他可以用一个政治词汇来形容，她是一个附敌分子。一个利用可憎的权力的附敌分子，又不跟这种权力认同；为这种权力工作，又与之分开，然后，有一天，在法官面前，为了自我辩护，说自己具有两张面孔。

35

尚塔尔在门口停下，惊呆了，在那儿停了几乎一分钟，因为让-马克和她的大姑子都没有看到她。她听到那已经久违了的大嗓门："您跟我一样。您要知道，我是个没有条理的女人。我喜欢闹腾，我喜欢转来转去，我喜欢有人在唱啊，闹啊，总之，我喜欢生活！"

终于大姑子的眼光落到她身上。她喊了一声："尚塔尔！让你吃了一惊，是不是？"她跑过来亲她。尚塔尔的唇边感觉到了她大姑子的嘴巴湿润的双唇。

尚塔尔的出现造成的窘境，让一个冲出来的小女孩打破了。"这是我们的小柯林娜。"大姑子向尚塔尔介绍说。然后，对着小孩说："向阿姨问好。"可小孩根本不看尚塔尔，嚷嚷说要撒尿。大姑毫不迟疑地，就跟她早就对这个屋子了如指掌一样，带着柯林娜走向走廊，消失在洗手间里。

"我的天啊，"尚塔尔喃喃地说，趁着她大姑子不在，"他们是怎么找到我们的？"

让-马克耸耸肩。大姑子把走廊和卫生间的门都大开着，他们之间不可能说什么话。他们听到尿撒在抽水马桶里的声音，混杂着大姑子向他们讲述家里事情的声音，还时不时停下来骂几声撒尿的小孩。

尚塔尔想起来：有一天，她到别墅度假，一个人关在卫生间里；突然，有人在拉把手。她不喜欢隔着卫生间的门跟人说话，就默不作声。在房子的另一端，有声音在让那个不耐心的人静下来："是尚塔尔在里面！"尽管有了这句话，那不耐心的人还是摇了好几下把手，好像是在抗议尚塔尔的沉默。

尿声后面就是拉水箱的声音。尚塔尔还想着那个大别墅，那里到处散播着各种声音，没有人可以确定声音来自哪个方向。她已习惯听到她大姑子做爱时的呻吟声（这无用的声音一定是出于某种挑衅，不是性方面的，而是道德方面的，那是一种对任何隐私的示范性的拒绝）；有一天，做爱时的呻吟又传到了她的耳中，过了好一阵，她才明白，那是一个患哮喘的老祖母，在这座吵闹的房子的另一头一边呻吟，一边喘着气。

大姑子回到了客厅。"去吧。"她对柯林娜说。柯林娜跑到旁边的房间跟别的小孩一起玩去了。接着她对让-马克说："我不责怪尚塔尔离开我兄弟，她也许更早些就该离开他。可我要责怪她把我们忘了。"然后，她转向尚塔尔："尚塔尔，不管怎么说，我们代表了你生活的一大部分！你不能否认我们，把我们抹去，你不可能改变你的过去！你的过去就是那样了。你不能否认你跟我们在一起很幸福。我过来是跟你的新伴侣说，你们两个都是我们欢迎的客人！"

尚塔尔听着她说，自忖她在这个家庭待了太久而没有早早表明她与他们的不同，所以她的大姑子有理由（几乎有理由）因为她在离婚后跟他们断绝了任何来往而生气。在她那么多年的婚姻生活中，她为什么要那么和善，那么顺从呢？她自己都说不出她当时的态度究竟叫什么。顺从？虚伪？漠然？贤惠？

在她儿子还活着的时候，她完全愿意接受这一集体生活。总在别人的监视之下，接受集体性的不卫生，接受在游泳池边的几乎强制性的裸露，带着一种无邪混杂相处，让她可以通过一些微妙而确定的痕迹，知道在她之前，有谁上过卫生间。她喜欢那样吗？不，她充满厌恶，可那是一种温柔的、沉静的、非对抗性的、忍受着的、几乎宁静的、有些嘲讽而从不是反抗性的厌恶。假如她的孩子没有去世，她就会这样一直生活到她去世。

　　从她的房间传来越来越大的嘈杂声。大姑子大吼一声："安静！"可她的声音，与其说在发怒，不如说是快乐的，好像并不是要让那些喊叫声静下来，而是要加入这些欢腾。

　　尚塔尔失去耐心，进了自己的房间。孩子们爬在椅子上，可尚塔尔看的不是他们；她呆呆地一动不动地看着衣橱：衣橱的门大开着；在衣橱前面的地上，她的胸罩、她的内裤到处都是，里面是那些信；随后她才发现最大的那个女孩子把一只胸罩围在头上，胸罩的一边立在头顶，活像一顶哥萨克人的帽子。

"看看她!"大姑子笑着,友好地揽着让-马克的肩膀,"看看,看!这可是一场化装舞会啊!"

尚塔尔看见了扔在地上的信,怒火一下子冲上来。不到一个小时以前,她才离开笔迹专家的事务所,有人蔑视地接待她,而被浑身火热的火焰暴露了的她,没有能够敌得过他们。现在,她受够了有罪的感觉;这些信对她来说已不是她必须感到羞耻的可笑的秘密,它们从此以后象征让-马克的虚假,他的变态,他的背叛。

大姑子感受到尚塔尔冷冰冰的反应,她一边不停地说着,笑着,一边向小女孩俯过身去,解下胸罩,蹲下来捡内衣。

"别,别,求你了,别动它们,"尚塔尔说,口气很坚定。

"随你,随你,我是好意。"

"我知道。"尚塔尔说,看着她的大姑子回过身靠在让-马克的肩上。尚塔尔感到他们两人倒很般配,他们是完美的一对,一对监视者,一对间谍。不,她一点儿也不想关上衣橱。

她要让它开着，作为洗劫的证据。她对自己说：这个房子是我的，我有一种极强的一个人待着的愿望；要好好地、君临一切地一个人待着。于是她高声说道："这个房子是我的，没有任何人可以打开我的衣橱，在我隐私的东西中翻来翻去。没有任何人，听见没有：没有任何人。"

这最后一句话与其是说给大姑子听的，不如说是给让-马克听的。但为了不在擅自闯入者的面前暴露些什么，她很快只对她一个人说话："请你走吧。"

"没有任何人在你的隐私中翻来翻去。"大姑子自卫地说。

作为回答，尚塔尔的头示意了一下开着的衣橱、内衣以及地上的信件。

"我的天啊，孩子们只是在玩！"大姑子说。孩子们好像感觉到了空气中震颤着的愤怒，一个个带着外交官一般的敏感，一声不吭。

"请走吧。"尚塔尔又说了一遍，把门指给她看。

其中一个小孩拿着一只从桌上的盘里拿来的苹果。

"把苹果放回去。"尚塔尔对他说。

"有没有搞错啊!"大姑子喊了一声。

"把苹果放回去。谁给你苹果的?"

"她连给小孩一个苹果都不肯,有没有搞错啊!"

孩子把苹果放回盘子里,大姑子拉起他的手,另外两个小孩跟着他们,出了门。

36

她一个人面对让-马克，觉得他跟刚刚走的那些人没有任何区别。

"我几乎忘记了，"她说，"我以前买下这套房子是为了自由，是为了不被人窥伺，为了能够把我的东西随便放，为了能够确信我放在哪里就在哪里。"

"我早就跟你说了好几遍，我是跟那个乞丐一边的，而不是跟你在一边。我处于这个世界的边缘，你，你处在它的中心。"

"你处在一种非常奢侈的边缘，而且什么力气也不用出。"

"我随时可以离开我那奢侈的边缘。可你呢，你永远不会放弃你带着无数的面孔待在里面的这随大流的城堡。"

37

一分钟之前，让-马克还想解释一下事情，承认是他在弄神弄鬼，可这几句一应一答使得任何对话都不可能。他没有什么可说的了，因为这套房子确实是她的而不是他的；她对他说的处身于一种奢侈的边缘而且不费什么力气也是对的：他只挣她所挣的五分之一的钱，他们之间的关系建立在一种默而不宣的契约上，即他们对这种不平等性永远不提。

他们两人都站着，面对着面，中间隔了一张桌子。她从她的包里拿出一封信，撕开，打开信，这是他刚刚写给她的，还不到一个小时，她丝毫不隐瞒，甚至还展示出来。她镇静地在他面前将她应该保存秘密的信读起来。然后她把信放回包中，目光短促地扫了一眼让-马克，几乎很漠然。一句话不说就进了自己的房间。

他又想着她刚才说的："没有任何人可以打开我的衣橱，在我隐私的东西中翻来翻去。"天知道她怎么就知道他已经晓得了这些信以及藏信地点。她要告诉他，她已经什么都知道了，而且毫不在乎；告诉他，她想按自己的方式生活而丝毫不管他；告诉他，她从此以后可以在他的面前读她的情书。通过这种无所谓，她宣告了他的不存在。对她来说，他已经不在那里了。她已经把他赶走了。

她久久待在她的房间里。他听到吸尘器愤怒的声音，在把那一片让突然擅自闯入的不速之客捣乱造成的混乱重新整理好。然后她走到厨房里。十分钟以后，她叫他。他们坐在桌前吃冷餐。在他们的共同生活中，他们第一次相互一言不发。哦，他们以什么样的速度把他们都不知道有什么味道的饭吃完了！她又进了她自己的房间。他不知道该怎么办（无法做任何事），穿上睡衣，睡到他们的大床上，平时他们是一起睡在上面的。可这一晚，她没有从她的房间出来。时间过去了，可他无法入睡，最后，他起了身，把耳朵贴在门上。他听到了均匀的呼吸声。这宁静的睡眠，那么轻松她就睡着了，在折磨着他。他把耳朵在门上贴着，过了好一阵子，对自己说，她比自己想象的要坚强得多。也许，当他把她看作是弱者而自己是强者的时候，他错了。

确实，谁是强者呢？当他们俩同处于爱情的土壤上时，可能真的是他。可一旦爱情的土壤从他们的脚下逝去，她就是强者，而他却是弱者。

38

躺在她狭小的床上，她睡得并不如他想的那么好：那是时不时被打断的睡眠，充满了令人不适的、时断时续的梦。荒诞、毫无意义，而且让人不舒服地带有色情味。她每次从这样的梦中醒过来，都感到犯窘。她想，这就是女人生活，每个女人的秘密之一。这种夜里的杂七杂八的东西，使得任何忠诚的许诺、任何纯洁性、任何无邪都变得可疑。在我们这个世界里，人们并不为此而恼火，可尚塔尔喜欢想象克莱芙王妃[①]，或者贝尔纳丹·德·圣皮埃尔[②]笔下贞洁的薇吉妮，或者阿维拉[③]的圣特蕾莎，或者在今天汗水淋淋地跑遍世界去行善事的特蕾莎修女[④]。她不无快意地想象她们从她们的夜晚中出来，就如走出了一种不可承认的、完全不可思议的、愚蠢的、罪恶的泥淖，然后在白天又变得是贞洁的，处女般的纯洁。她的那一夜就是这样的：她醒过来好几次，每次都是在跟许多她不认识的男人奇怪地群交之后，而且那些人都让她厌恶。

为了不再坠入这些不健康的快乐之中，她很早就起身穿衣，在一只小手提箱中整理了进行一次短期旅行所需要的一些必要的用品。她刚准备好，就看到让-马克穿着睡衣立在她房间门口。

"你去哪里？"他问道。

"去伦敦。"

"什么？去伦敦？为什么去伦敦？"

她十分镇定地说："你很明白为什么去伦敦。"

让-马克脸红了。

她重复说："你非常清楚，是不是？"她看着他的脸。对她

---

① Princesse de Clèves，法国作家拉斐特夫人（La Fayette）的小说主人公。
② Bernardin de Saint-Pierre（1737—1814），法国作家。
③ Avila，西班牙中部城市。
④ Mère Teresa（1910—1997），闻名世界的宗教慈善家，1979 年诺贝尔和平奖得主。

来说是多大的胜利呀，她看到这一回是他在脸红！

他的脸颊在发烧，说道："不，我不知道你为什么去伦敦。"

她尽情地看着他脸红。

"我们在伦敦有个研讨会，"她说，"我是昨天晚上才知道的。你明白，我既没有时间，也没有想告诉你。"

她确信他不可能相信她，很高兴她的谎言可以那么明目张胆，那么不顾廉耻，那么无礼，那么充满敌意。

"我已经叫好一辆出租车，我下去了，它随时都可能到。"

她朝他笑笑，就像是作为再见或永别的笑。最后一刻，好像不是出于她本意，好像是一个她无法控制的手势，她把她的右手放在让-马克的脸上。这个手势很短，只持续了一两秒钟。然后她背过身去，出了门。

39

他脸颊上感到了她的手的接触，更确切地说是三个手指尖的接触，在那儿留下一道冰凉的痕迹，就像是被一只青蛙碰了一下。她的抚摸总是非常缓慢、宁静，每次都让他觉得她这种抚摸要延长时间。而这飞快地放在他脸上的三根手指头不是抚摸，而是为了留下什么，让他记住。好像一个被风暴袭击的人，被浪头卷走的人，只能用唯一的一个飞快的手势说："要知道，我在这里！我从这里经过了！不管马上要发生什么，不要忘了我！"

他动作机械地穿上衣服，想着他们说的关于伦敦的事情。"为什么去伦敦？"他问道。她回答说："你很明白为什么去伦敦。"那是很明显地在暗示最后一封信中提到的出行。这句"你很明白"是说：你知道那封信。可是那封信是她刚刚从信箱里取出来的，只有发信者和她两个人知道。换句话说，尚塔尔已经把可怜的西拉诺的面具揭下，她的意思是对他说：是你本人邀请我去的伦敦，所以我服从你。

但是，假如她猜到了（我的天啊，我的天，她是怎么能够猜到的？）他是写那些信的人，为什么她会那么恼火？她为什么会那么冷酷？假如她全猜到了，为什么她就猜不到他这么弄神弄鬼的原因？她怀疑他什么呢？在这么多的问题后面，他只能确定一件事情：他不理解她。而且她，也什么都没理解。他们的想法南辕北辙，而且他觉得它们永远不会再碰头了。

他所感到的痛苦不要求安抚，相反，它要加剧创伤，并带上伤口，就像在众人面前展示一种不公平。他没有耐心等到尚塔尔回来，解释误会。在他内心深处，他知道这是唯一理性的举动，但痛苦不愿意听到理性的声音。他那不理性的理智所要求的，是在她回来时，尚塔尔看到一个空无一人的房子，没有他，就像她宣称的一样，要一个人住，没有人窥视。他在口袋里放了几张钞票，他所有的钱，然后犹豫一下，不知该不该拿钥匙。最后他把它们留在进门处的小桌子上。她看到它们时，会明白他不会回来了。只有橱柜里的几件衣服和衬衣，书架上的几本书，还会在这里成为纪念。

他出了门，不知该做什么。重要的是离开这个不再属于他的房子。在决定去哪里之前就离开它。他只有到了街上，才可以去想做什么。

可一到了公寓的下面，他就有了一种奇怪的处身于现实之外的感觉。他只有在人行道中间停下才能思考。去哪里呢？他脑子里有许多乱七八糟的想法：在佩里戈尔地区还有一部分他的农民家族的成员，每次都愉快地接待他；在巴黎随便找一家便宜的小旅馆。在他想着的时候，一辆出租车停在红灯前。他向它招手。

40

街上当然没有什么出租车在等她。尚塔尔根本不知道要去哪里。她的决定完全是随兴而至的，由她无法控制的内心的混乱所造成。在这一刻，她只想一件事，至少一天一夜不见他。她想就在巴黎找一个旅馆的房间，但很快这想法让她觉得有点傻：她白天干什么呢？在街上漫步去闻臭气？关在房间里？在里面干吗呢？然后她又想到开车去乡下，随便去哪里，找一个安宁的地方去待上一两天。可去哪里呢？

她也不知道为什么，就走到了一个公共汽车站。她想跳上第一辆车，任它带到终点站。一辆公共汽车停了下来，她诧异地看到在停靠站牌上写着北站，去伦敦的列车就是从那里发出的。

她感到被一种巧合的预谋引导着，说服自己那是一个好心的仙女来帮她忙。伦敦：她跟让-马克说要去伦敦，只是为了让他知道她已经揭穿他了。现在她有了一个想法：可能让-马克以为她当真要去伦敦；可能他会到火车站去找她。另一个想法马上接着这个想法，更微弱些，几乎听不到，就像是一只小小的鸟儿的声音：假如让-马克在车站，这个奇怪的误会就会结束了。这个想法就像是一种轻捷的抚摸，但又是太短促的抚摸，因为很快她就又恨起他来，拒绝了任何感伤。

可她去哪里呢？她该做什么呢？假如她真的去了伦敦？假如她让自己的谎言成真？她记起在她的小本子里，还留有布里塔尼居斯的地址。布里塔尼居斯，他现在该有多大年纪？她知道与他相遇会是世界上最不可能的事情，那又怎么样？正好。她到伦敦，在那里散散步，找一家旅馆，然后明天再回巴黎。

接着，这个想法又让她不高兴：离开家的时候，她自以为又找到了自己的独立性，而其实，她被一种未知的、无法控制的力量玩弄于股掌之间。去伦敦这一被奇怪的偶然提议的决定实在是疯狂。为什么要认为这一巧合的预谋是在为她服务？为

149

什么要把它看作是一个友善的仙女在帮忙？假如这个仙女是恶意的，而且预谋要让她完蛋？她对自己许诺：公共汽车到达北站时，她不动；她继续乘车。

可当公共汽车停下时，她惊讶地看到自己在下车。就像是被吸着一样，她走向车站大厅。

在巨大的厅堂里，她见到通向上边的大理石阶梯，上面是去伦敦的旅客候车室。她想看看时间表，可就在看之前，她听到一阵笑声，自己的名字也夹在笑声里。她停了下来，看到她的同事都聚集在楼梯的下面。当他们明白她已经看见他们的时候，他们笑得更厉害了。他们就像是一些成功地开了一个很好的玩笑的中学生，出色地上演了戏剧化的一幕。

"我们知道该做些什么就能让你跟我们一起来！假如你知道我们在这里，你一定会跟往常一样，瞎编出一个借口来！你是个不折不扣的个人主义者！"他们又一齐哄然大笑。

尚塔尔知道勒鲁瓦计划去伦敦开个研讨班，可那要在三个星期以后才开。他们怎么可能今天就聚集在这里？她又一次有了奇怪的感觉，这一切不是真的，不可能是真的。可这种惊讶又被另一种惊讶代替：跟她原先假设的正相反，她从心底里高兴见到她的同事，因他们为她准备了这么一个惊喜而感激他们。

上楼梯的时候，一个年轻的女同事拉住她的手臂，她对自己说让-马克所做的，就是不断地把她从应该是她的生活中拉出来。她听到他在说："你处于中心。"又听到他在说："你稳稳待在一个随大流的城堡里。"现在她向他回答：是的，而且你无法阻止我继续在里面待着。

在旅客人群中，她那年轻女同事跟她还是手牵着手，把她拉到位于另一个下到站台的楼梯前的警察检查处。就像出了神一样，她继续跟让-马克默默地争吵，跟他说：有哪一个法官规定了随大流是一种恶而不随大流就是一种善？随大流不就是接近别人吗？随大流，不就是指有一个巨大的相遇的场所，一切都向那边涌去，在那里生活更加集中，更加热闹？

从楼梯往下看去，她见到了去伦敦的火车，既现代又雅观，她又对自己说，不管生在这块土地上是运气还是倒霉，最好的过日子的办法就是像我此刻一样，由一群向前走的快乐的、喧闹的人群带着走。

41

一坐进出租车，他就说："去北站！"这一刻是真实的一刻：他可以离开房子，可以把钥匙扔到塞纳河里去，可以在大街上睡觉，但他没有离开她的力量。去火车站找她是个绝望的举动，但去伦敦的火车是唯一的标记，是她唯一留给他的标记，让-马克不可能忽视它，尽管它指给他正确的方向的可能性是那么的小。

他到了火车站，去伦敦的列车已经停在那里。他几步窜上楼梯买了票；大部分旅客已经过关了；他最后一个下到查得很严的站台上；在整辆列车边，警察带着专门的德国牧羊犬在查有没有爆炸品；他进了他的车厢，里面满是脖子上挂着照相机的日本人；他找到自己的位子坐下。

这时他才感到自己这一举动的荒诞。他上了一辆车，从各种可能性来看，他要寻找的那个人并不在车上。三个小时后他将到达伦敦，将不知道自己为什么会在那里；他身上的钱只够买一张回来的票。他有些慌乱，起身走到站台上，朦胧地有想回家去的愿望。可没有钥匙怎么回去呢？他把钥匙放到正门边的小桌子上了。他这回又清醒了，明白了这一举动只不过是他演给自己看的一出蹩脚的戏：女门房有另外一套钥匙，只要他要自然会给他。他犹豫着，朝站台尽头看去，看到所有的出口都已关闭。他叫住一名工作人员，问他怎么可以走出去，工作人员告诉他经已不行了。出于安全考虑，上了这列列车后就不能再出去；所有乘客都必须在里面待着，作为他没有安放炸弹的活证明。这阵子有各种恐怖分子，他们的梦想就是在海底隧道里搞成一次谋杀。

他又上了车，一位女检票员向他笑笑，所有的服务人员都朝他微笑。他对自己说：就这样，人们用越来越多的微笑、越来越强的微笑来伴随这枚发射到死亡隧道里的火箭。在这火箭里面，那些与无聊作战的士兵，美国、德国、西班牙、韩国的游客愿意冒着生命危险进行他们的伟大的战役。他坐下，等车一开动就离开座位去找尚塔尔。

他进入一个头等车厢。走廊的一边是单人座，另一边是双人座；在车厢中间，座位是相向而设的，所以旅客在一起大声说话。尚塔尔跟他们在一起。他看见了她的背：他认出她那令他感动、几乎让人好笑的脑袋，上面结着过时的发髻。坐在窗旁的她也在参与谈话，谈话很热闹，那些人只能是她在事务所里的同事。这么说她没有撒谎？尽管这显得是那么的不可能，但肯定，她没有撒谎。

他站着一动不动；他听到好多笑声，其中有尚塔尔的笑声。她很快乐。对，她很快乐，这让他难受。他看到她的手势是那么有力，他不熟悉这种手势，他听不见她所说的，可他看到她的手在有力地抬起、落下；他无法认出这只手来；这是一只别人的手；他不觉得尚塔尔在背叛他，而是别的事情：他觉得她不再为他而存在，她去别的地方了，进入另一种生活，假如他在那里遇见她，他不会认出她来。

155

42

尚塔尔以好斗的口吻说："可一个托派分子怎么就改信教了呢？这还有什么逻辑可言？"

"亲爱的朋友，您知道马克思的著名论断：改变世界。"

"当然知道。"

尚塔尔坐在玻璃窗边，对面坐着她事务所里最年长的女同事，那个雍容华贵的、手上戴满戒指的女士。在她旁边坐着的勒鲁瓦接着说："而我们的这一世纪让我们明白了一件重要的事情：人是不可能改变世界的，也永远改变不了它。这是我作为革命者的经验的最根本的结论。而且这一结论是所有人都默默地接受了的。可还有另外一个结论，走得更远。它是神学意义上的。结论就是，人没有权利去改变上帝所创造的。对于这种禁忌一定要贯彻到底。"

尚塔尔愉快地看着他。他不是在以说教者的身份说话，而是在作为一个挑衅者。这正是他身上尚塔尔所喜欢的：这种把他所做的一切都转变为挑衅的截然的口吻，对革命者或者先锋前卫的神圣传统的一以贯之；他从不忘记要"让布尔乔亚感到吃惊"，即使当他在说着最普通的道理。其实，那些最具挑衅性的真理（"将布尔乔亚统统枪毙！"）一旦掌握了权力，不就成了最普通的道理？任何时候，成规都可以成为挑衅，挑衅也可以成为成规。重要的是将一种态度坚持到底的意志。尚塔尔想象着勒鲁瓦在参加一九六八年学生风暴的那些激烈的会议，以他聪明、逻辑而断然的方式，说出一句句格言。在它们面前，来自任何常规心理的反抗都注定要溃不成军：资产阶级没有权利生活；工人阶级无法理解的艺术必须消失；为资产阶级利益服务的科学是没有价值的；那些教这类科学的人，必须将他们从大学里赶出去；对于自由的敌人，不能给予自由。他那时说的话越荒谬，他就越引以自豪，因为只有一种非常高的智力才能给一些荒谬的主意以逻辑性。

尚塔尔回答说："好的，我也认为所有的改变都是负面的。在这种情况下，我们的责任就是捍卫这个世界不要有什么改变。可惜的是，世界不知如何止住它那疯狂的变化的步伐……"

"……但人在其中只是变化的一个工具。"勒鲁瓦打断她，"发明一个火车头，就已经有了发明飞机的萌芽，而飞机设计图不可避免地可以带来宇宙火箭。这个逻辑是存在于事物内部的，换句话说，它属于上帝的规划的一部分。您可以把人类完全换成另一种样子，但从自行车到火箭的演变是不变的。人不是这一演变的作者，只是一个执行者，这种逻辑性不属于我们，它只属于上帝，我们在这里只是为了服从他，好让他做他乐意做的事情。"

她闭上眼睛：一个柔柔的词"混杂"进入她脑海，她沉浸其中。她默默地对自己说："想法的混杂"。怎么这些那么矛盾的态度可以在同一个脑袋瓜里交替，就像在同一张床上的两个情妇？以前，她几乎为之愤怒而今天这让她开怀：因为她知道在勒鲁瓦以前说的话与他今天宣扬的东西之间的对立没有任何意义。因为所有的想法都有同样的价值，因为所有的表态、所有的姿态都是同一价值的，可以互相摩擦、互相交叉、互相触摸、互相混淆、互相乱摸、互相缠绵、互相交配……

尚塔尔对面响起一个轻柔的、略微颤抖的声音："可在这种情况下，我们为什么要在这个世界上呢？我们为什么要活着呢？"

那是坐在勒鲁瓦旁边的穿着讲究的女士的声音，她非常喜欢勒鲁瓦。尚塔尔想象勒鲁瓦现在被两个女人围着，他必须在其中选择一个：一个是浪漫的女人，一个是玩世不恭的女人。尚塔尔听到了那女人细小的哀求的声音：她不愿意放弃那些美丽的信仰，可是（根据尚塔尔的猜想）一边在捍卫这些信仰的同时，一边又怀着不可告人的愿望，希望她那魔鬼般的英雄能将它们打翻在地。这时候，这位魔鬼般的英雄转向了她：

"我们为什么活着？为了给上帝提供人肉。因为《圣经》并不要求我们，我亲爱的女士，去寻找生命的意义。它只要求我们生育。相爱吧，然后生育。一定要明白：这句'相爱吧'的意义是由'生儿育女'所决定的。所以这句'相爱吧'的意思根本不是指一种慈善的、怜悯的、精神的或者是激情的爱，意义非常简单：'做爱吧！''交配！'……（他的声音变得更加轻柔，俯身向她。）'去操吧！'（那女士像一个忠诚的弟子，顺从地看着他的眼睛）。人生活的意义就在于此，而且仅在于此。别的全是扯淡。"

勒鲁瓦的推理像一把剃须刀那样直截了当，尚塔尔是同意的：作为两个个体的升华的爱，作为忠诚的爱，作为对一个唯一的人的依恋的爱，不，这不存在。而且假如它存在的话，也只是作为一种自我惩罚、一种有意的盲目、一种躲进寺庙的做法。她对自己说，即使这种爱情存在，爱情也不应该存在。这个想法并不让她感到苦涩，相反，她感到一种愉悦弥漫了全身，她想着穿透所有男人的玫瑰香的隐喻，对自己说她一直生活在一种遁世的爱情中，她现在已经可以追随玫瑰的神话，与它那醉人的芬芳融为一体。在想到了这一层的时候，她想到了让-马克。他留在了家里吗？他出去了吗？她一边想着，一边没有任何感动，就像她在问自己罗马是否在下雨，或者纽约是否是晴天。

然而，尽管她对于想到让-马克是那么的不在乎，她还是不知不觉转过头去。在车厢的尽头，她看到一个人转过身去，进入了旁边的车厢。她好像认出是让-马克在躲避她的目光。真的是他吗？她没有去寻找答案，朝窗外望去：风景变得越来越丑陋，田野越来越灰暗，平原上出现越来越多的金属柱子、混凝土建筑和电线。列车的广播里一个声音通知说列车在几秒钟后就要下到海底去了。确实，她看到一个又圆又黑的洞，列车像一条蛇一样，就要钻进去。

43

"我们在下去。"雍容华贵的女士说。她的声音中流露出一种害怕的兴奋感。

"下到地狱里。"尚塔尔添上一句。她猜想勒鲁瓦会希望这位女士更天真一些，更受惊吓一些，更害怕一些。她觉得自己现在是他魔鬼般的助手。她高兴地想到在帮着他把这位雍容华贵、颇有廉耻之心的女士带到他的床上，不是在伦敦的一个奢侈的旅馆中，而是在一块平台上，周围是一片火焰，阵阵呻吟，弥漫着烟雾与群魔。

透过窗子已经没有什么可看的了。列车已经下到隧道里。她感到自己正在远离她的大姑子，远离让-马克，远离所有的监视，远离粘乎乎地贴着她、压着她的生活。她的脑海中出现了那几个字："杳无踪迹"。她感到惊讶，原来走向消失的旅行并不阴森可怕，而是在她的玫瑰神话的保护伞下进行的，既温柔又快乐。

"我们下得越来越深了。"那女士说，十分焦虑。

"在深处有着真理。"尚塔尔说。

"在那里有着您的问题的答案，我们为什么要活着？"勒鲁瓦添油加醋，"生活中什么是本质性的？"他盯着那女士："在生活中本质性的是要让生活延续下去：分娩，以及在那分娩之前的交配，以及在那交配之前的诱惑，也就是说，亲吻，风中飘起的头发，短裤，裁剪得当的胸罩，还有那些使人们可以顺利交配的东西，也就是吃饭，不是指那高超的厨艺，那是人们不再欣赏的多余的东西，而是那人人都买的糟糕饭菜，而跟吃饭连在一起的是排泄，因为您知道，我亲爱的女士，我美丽的可爱的女士，您知道在我们这一行中，对卫生纸和小孩子尿布的赞扬占了多么大的一部分。卫生纸、尿布、洗衣粉、吃饭，这是人的神圣之链，我们的责任不光是要发现它、抓住它、限定它，而且是要把它美化，把它转化为一种歌唱，在我们的影响下，卫生纸几乎清一色是粉红色的，这可是一件非常有教益的事实。我希望您，我亲爱的、焦虑的女士，好好琢磨琢磨这一点。"

"可那样的话就太惨了，一片悲惨。"那女士说，她的声音像一个被强奸的女人的抱怨一样颤抖，"那可就是粉饰了的悲惨！我们是为悲惨粉饰的化妆师！"

"对了，就是。"勒鲁瓦说。尚塔尔从"就是"一词中听出了他从雍容华贵的女士的抱怨里找到的乐趣。

"可在这种情况下，生活的伟大又在哪里呢？假如我们注定要吃饭、交配、用卫生纸，那么我们究竟是谁呢？假如我们只能做些这种事，我们能从我们是自由的这个事实中——这可是人们跟我们说的——得到什么样的自豪呢？"

尚塔尔看着那女士，想着她可真是一次群交的理想猎物。她想象着人们把她剥光，把她年老色衰但雍容华贵的身体绑起来，强迫她以高声抱怨的口气去重复她那些天真的真理；同时，在她面前，所有人都在做爱，在暴露自己……

勒鲁瓦打断了尚塔尔的胡思乱想："自由？您在过着您的悲惨生活时，可以是不幸的，也可以是幸福的。您的自由就在这选择之中。在将自己的个体性融化在众人的大锅中的时候，您或者带有失败感，或者拥有高兴的自由。而我们做出的选择，我亲爱的女士，就是高兴。"

尚塔尔感到自己的脸上露出了一丝笑容，她记住了勒鲁瓦刚刚所说的，我们唯一的自由是在苦涩与快乐之间选择，既然我们的命运就是一切的毫无意义，那就不能作为一种污点带着它，而是要善于因之而快乐。她看着勒鲁瓦不露声色的脸，上面焕发着既吸引人又变态的智慧。她带着好感看着他，可没有任何欲望，她对自己说（就好像她用一只手抹去她刚才的那些遐想），他已经早就把他所有的男性的力量转化成了这种能感染人的逻辑的力量，转化成了这种对他的工作集体所行使的权力。她在想象他们下车以后的情景：在勒鲁瓦继续以他的那些话让崇拜他的女士害怕的时候，她要悄悄地躲到一个电话亭里，然后摆脱他们。

44

　　日本人、美国人、西班牙人、俄国人，所有人都带着脖子上挂的相机，下了车。让-马克努力不让尚塔尔从眼皮底下消失。巨大的人流突然变狭小了，通过一个电动扶梯消失在站台下。在扶梯底下的大厅里，一群带着摄像机的人跑来，后面跟着一大堆看热闹的人，挡住了让-马克的路。列车上下来的旅客们不得不止住脚步。旁边响起掌声和叫喊声，一群小孩从侧面的楼梯下来。他们每个人头上都有一顶盔形的防护帽，各种颜色的，就像是一群运动员，一群小摩托车队员或者滑雪队员。他们正是摄影的对象。让-马克踮起脚，越过众人的脑袋看尚塔尔。终于，他看见她了。她在那排孩子的另一头，在一个电话亭子里面。话筒贴在耳边，她在那里说话。让-马克试图开出一条路来，他撞到一个摄像师的身上，那人气得踢了他一脚。让-马克用手肘撞他一下，那人差一点倒在地上。一个警察走近，命令让-马克等拍完以后再过去。就在这时，大约两三秒钟的时间，他的目光遇上了从电话亭出来的尚塔尔的目光。他又一次闯入人群，试图穿过去。警察把他的手扭过背去，痛得让-马克直弯腰，就这样，看不到尚塔尔了。

最后一个戴着防护帽的孩子过去了，这时警察才松手，放了他。他朝电话亭看去，电话亭是空着的。一群法国人在他旁边停下；他认出了他们是尚塔尔的同事。

"尚塔尔在哪儿?"他问一个年轻女人。

她以一种责怪的口吻回答说："该知道的是您啊！她当时那么的高兴！可我们一出列车，她就消失了！"

另一个，更胖些，很不高兴："我在火车中见到您了。您向她打招呼。我全看见了。都是您把事情搞糟的。"

勒鲁瓦的声音把他们打断了："走吧！"

年轻女人问道："那尚塔尔呢?"

"她知道地址。"

"这位先生，"手指上戴满戒指的雍容华贵的女士说，"也在找她。"

　　让-马克知道勒鲁瓦见过他，就像他也见过他一样，他对勒鲁瓦说："您好。"

　　"您好，"勒鲁瓦回答道，朝他笑笑，"我看到你们打起来了。一个人跟那么多人。"

　　让-马克觉得在他的声音中感到了一份亲切，在他目前所处的心理低谷中，就像是一只伸出的手，又像是一道火花，持续了一分钟，让他感到一种友谊；两个不认识的人，仅仅出于突如其来的好感，产生一种友谊，愿意互相帮助，就像是一个美好而古老的梦落到了他头上。

　　他带着信任感，说："您能告诉我你们旅馆的名字吗？我想打个电话问问尚塔尔是否在那里。"

　　勒鲁瓦没说话，接着问道："她没告诉您吗？"

　　"没有。"

　　"要是这样的话，请原谅，"他和善地说，几乎带着遗憾，

"我不能告诉您。"

火花熄灭了，掉落下来。让-马克又感到了肩膀上的痛楚，那是被警察扭手臂的结果。他一个人走出火车站。他不知去哪里，在街上开始漫无目标地走起来。

他一边走，一边从口袋中拿出钱，又数一遍。他有足够的回去的钱，可一点也不剩了。假如他决定，他可以马上就回去。今天晚上他就回到巴黎了。显然那是最明智的做法。他在这里能做什么呢？他没有任何事可干。但他不可以走。他怎么也下不了决心走。只要尚塔尔还在伦敦，他就不能离开。

可既然他必须留下回程的钱，他就既不能住旅馆，也不能吃饭，甚至吃一个三明治也不行。他到哪儿去睡觉呢？他一下子明白了他经常对尚塔尔说的那些话得到了验证；从他的最深处来说，他是一个边缘人，当然是在某种舒适中生活的边缘人，但只是靠了一些完全不确定的、暂时的环境因素。现在他突然回到了他的本来面目，被送回了他所从属的人群：跟穷人在一起，上无片瓦可以遮一遮他们的无依无靠。

他想起与尚塔尔的那些谈话，感到有一种孩子般的需求，希望她就在他的面前，仅仅为了跟她说：你现在终于明白我是对的，明白我那不是在耸人听闻，明白我真的就是我，一个边缘人，一个无家可归的人，一个乞丐。

45

夜降临了，周围开始凉下来。他走上一条街，一边是一排房子，另一边是一座公园，被一排漆成黑色的栅栏围着。在沿着公园的人行道上，有一条木长凳。他坐下，感到很累。他想把双腿放到座位上躺下。他想：一定是这样开始的。有一天双腿放到了一张长凳上，然后夜幕降临，然后就睡着了。就这样，有一天，进入流浪汉的队列，成为他们中的一员。

所以他用尽所有的力气抵御着疲惫，笔直地坐着，就像一个教室里的好学生。在他身后是树，在他前面，在马路的另一边，是房子；房子全是一样的，白色、两层，在门口有两根柱子，每层有四个窗户。他认真地看着这条人迹稀少的街道上的行人。他决定待在那里，一直到见到尚塔尔。等待，这是他唯一可以为她做的，可以为他们俩做的。

突然，在右边三十米左右处，一所房子的所有窗户都亮了，里面有人拉上红色的窗帘。他心说是一帮上流社会的人在那里搞一次节庆。可他惊讶地发现没有人进出；他们难道早就在里面，刚刚才打开灯？或者可能是他不知不觉地睡着了，没有看到他们的到来？天啊，在他睡着的时候，尚塔尔就这样过去了？一下子，关于群交的想法让他如遭雷击；他听到了那些话："你很明白为什么去伦敦。"这句"你很明白"突然让他有了一种全新的理解：伦敦，那个英国人的城市，那个大不列颠人的城市，那个布里塔尼居斯；她在火车站是给他打电话，她避开勒鲁瓦，她的同事，他们所有人，就是为了他。

他感到一阵妒忌，巨大而痛苦的妒忌，不是那种抽象的、心理上的妒忌，就如他在打开的衣橱前面时感受到的，当时他向自己提纯粹理论上的问题，看尚塔尔会不会背叛他，而是如他年轻时有过的那种妒忌，那种刺透身体、使之痛苦得无法忍受的妒忌。他想象着尚塔尔顺从地、虔诚地将自己的身体任别人摆布，他忍不住了。他站起身，跑向那所房子。房子白色的大门被一盏灯笼映照着。他转一下门把手，门开了，他走进去，看到一个铺着红地毯的楼梯，听到上面有嘈杂的声音。上了楼，来到二楼宽敞的过道上，迎面看到横着一根长长的挂杆，上面挂着大衣，但是也有女人的衣裙和几件男人的衬衣（这又是向他心上的一击）。他愤怒地穿过这些衣物，来到一扇双开门的门前，它也是白色的。这时一只沉重的手压到他疼痛的肩膀上。他转过身，在脸颊上感到一个魁梧的男人的气息，他穿着 T 恤衫，手臂上刺着花纹，用英语与他说话。

他用力摇动这只越来越让他疼痛并把他向楼梯推去的手。来到楼梯口，为了能抵抗住，他失去了平衡，在最后一刻才抓住楼梯扶手。不敌对手的他慢慢地走下楼梯。文身男子跟在身后。当让-马克犹豫着停在门前时，文身男子用英语朝他喊了什么，抬起手，命令他出去。

46

　　群交的意象已经伴随着尚塔尔很久了，一直出现在她那些不可启齿的梦中，在她的想象中，甚至在与让-马克的谈话中。让-马克有一天（那是非常遥远的一天）说："我可以跟你一起去这种场合，但必须有一个条件：在性高潮快要来的时候，每一个参加者都必须变成动物，有人变成母羊，有人变成母牛，有人变成山羊。这样，狄俄尼索斯①的狂欢群交就会变成一曲田园交响曲，而只剩下我们被动物围着，像一个牧羊人和一个牧羊女。"（这一田园景象的奇想让他觉得好玩：当那些可怜的群交者急着赶到罪恶之屋中去的时候，不会知道他们走出那地方的时候已变成奶牛。）

　　她周围全是裸体的人。这一刻她更希望见到的是羊而不是人。她不想再见到任何人，就闭上眼睛；可在她的眼皮的后面，她还是能看到他们。他们的性器官或竖着，或变小，有的大，有的细。她感到好像是一片田野，上面有虫子在直立起来，蜷曲起来，在扭动，又掉了下来。然后，她不再看见虫子，而是看见蛇；她感到厌恶，可是，她依然很兴奋。只是，这一兴奋并不使她想再次做爱，正相反，她越兴奋，就越对自己的兴奋感到厌恶。这种兴奋告诉她，她的身体不是属于她的，而是属于这片泥泞的田地，这片虫子与蛇的土地。

她睁开眼睛：从旁边的房间里，一个女人朝她走来，在敞开着的门后停下，用一种诱惑的目光盯着尚塔尔，好像要把她从这愚蠢的男性世界中拉扯出来，离开这虫子的统治世界。她很高大，身材极好，金黄色的头发笼着一张美丽的面孔。就在尚塔尔要接受她默默的性邀请的时候，金黄头发的女子嘴唇张圆，唾液从里面流出来；尚塔尔看到这张嘴仿佛被一块倍数很高的放大镜放大了：唾液是白色的，满是小小的气泡；女人将

---

① Dionysus，希腊神话中的酒神。

175

这些唾沫吐出来，吞进去，仿佛她要引诱尚塔尔，仿佛她在许诺着温柔而湿润的亲吻，要将她们两人融化在一起。

尚塔尔看着唾沫在起泡，在颤动，在嘴唇上闪闪发亮地渗出，她的厌恶上升为恶心。她转过身，想悄悄躲开。可是，金黄头发的女人从后面拉住了她的手。尚塔尔挣脱出来，走了几步想逃走。她又感到金黄头发女人的手碰到她身上，赶紧跑了起来。她听到女迫害者的呼吸声，她一定是把她的逃跑看作是一种性游戏了。她坠入陷阱：她越努力逃跑，就越刺激那金黄头发的女子；那女子又引来别的迫害者，在她后面追着，像追赶一个猎物。

她跑上一条走廊，听到她身后有脚步声，后面追着她的那些身体让她厌恶至极。很快她的恶心变成一种恐惧；她跑着，仿佛要逃命。走廊很长，尽头是一扇开着的门，里面是一个铺方砖的小厅，角落里有一扇门，她打开门，在她身后关上门。

在黑暗中，她靠在墙上，喘口气；然后她在门边摸索着，打开了灯。这是一个小贮藏室：一台吸尘器，几把扫帚，几块擦布。地上的一堆布上有条狗蜷成一团。她听不到一点点外面的声音，心想：人们都变成动物的那一刻来到了，我获救了。她大声问下面的那条狗："你是那些男人中的哪一个？"

突然，她刚刚说出口的话让她不知如何是好。我的天啊，她问自己，我怎么会有在群交聚会快结束时人们都变成动物的念头？

很奇怪：她一点儿也不知道这个念头是从何而来的。她在记忆中找寻，什么也找不到。她只感到一种温柔的感觉，却不让她想起任何具体的回忆，这是一种谜一般的感觉，毫无缘由地令她幸福，就像一种来自远方的解救。

突然，门被粗暴地打开了。一个黑女人进来，个子不大，穿着绿色工作服。她朝尚塔尔看了一眼，毫无惊讶感，目光短促而带蔑视。尚塔尔让开一步，让她拿了大大的吸尘器又出去。

这么一让，她就靠近那条狗，它露出牙吠了一声。她又感到一阵害怕；她出去了。

47

　　她来到走廊，只有一个念头：找到那个楼道，在那里的一个衣帽架上挂着她的衣服。可她摇动手把的那扇门紧锁着。最后，通过开着的大门，她进了客厅；客厅让她觉得特别大，特别空：穿绿色工作服的黑女人已经在那里用大大的吸尘器清扫。晚会上的那些人当中，只剩下了几个，在那里站着低声说话，他们都穿着衣服，丝毫不去注意尚塔尔。尚塔尔突然感到自己裸着身是那样的不合时宜，不好意思地看着他们。另一个绅士，大约七十多岁，穿着白色浴衣和拖鞋，向他们走去，跟他们说话。

　　她绞尽脑汁，想发现从哪里可以出去。可在这个已经变化了的氛围中，在人突然变少的情况下，各个房间的格局仿佛全变了，她根本认不出来了。她见到旁边的房间，那个金黄色头发、嘴边流着唾沫的女子就在那里挑逗过她；她往那里走去；房间里空荡荡的；她停下来找门；没有门。

她回到客厅，发现绅士们已经走了。她为什么没注意呢？她本来可以跟着他们走的！只有那位七十多岁的穿浴袍的人还在。他们的目光相遇，她认出来了；她带着一种突如其来的强烈信任感，向他走去："我给您打电话了，您还记得吗？您让我来，可我来的时候，没见到您！"

"我知道，我知道，对不起，我不再参加这些孩子的游戏了。"他对她说，很慈祥，可并不对她关注。他走向窗户，将它们一扇扇打开。一阵极强的过堂风穿过客厅。

"我真高兴遇到一个我认识的人。"尚塔尔说，有些坐立不安。

"我得让这股臭气全吹掉。"

"我怎么才能找到楼道。我的所有的东西都在那里。"

"别着急嘛。"他说，一边走到客厅的一角，那里有一张被人遗忘的椅子。他为她搬来椅子："请坐。我等一会没事了就来照顾你。"

椅子放到客厅的中央。她顺从地坐下，七十多岁的人走向黑女人，跟她一起消失在另一个房间，吸尘器又在那里响起；透过噪音，尚塔尔听到七十多岁的老人在发号施令，接着听到几声锤子声。锤子？她感到惊讶。谁在这里用锤子工作？她谁也没看见啊！肯定有人来了！可他是从哪里进来的呢？

穿堂风吹起窗边的红窗帘。一丝不挂坐在椅子上的尚塔尔有点冷。她又听到锤子声，在惊慌中，她明白了：他们在钉死所有的门！她永远也出不去了！一股巨大的危险感笼罩了她。她从椅子上起身，走了三四步，可不知道往哪里去，又停下来。她想喊救命。可有谁会来救她呢？在这极度焦虑的一刻，她眼前出现一个在人群中挤来挤去要向她走来的男人的样子。有人把他的手臂扭过背去。她看不见他的脸，只见到他弯下的背。天啊，她想记得更清楚一点，记起他脸上的线条，可做不到，她只知道那是爱她的那个男人，而且现在这是唯一重要的。她想最快地找到他，可怎么办呢？门都被钉上了！然后她看到一扇窗边飘动的红窗帘。窗户！窗户是开着的！她必须向窗边走去！朝街上喊！她甚至可以跳出去，假如窗户不是太高的话！又是一下锤子的声音。又是一下。再不行动就一切都完了。时间在跟她对着干。这是她行动的最后一次机会。

48

他回到长凳边。在街上相隔遥远的孤零零的两盏路灯之间的阴影中，长凳几乎看不见。

他坐下去，听到一声惨叫。他跳起来；他走后占住这长凳的一个男人骂了他一句。他一声不吭就走开了。行了，他心想，这就是我新的社会地位：我甚至为了一块能睡觉的小地方也得与人争了。

他停了下来。马路对面，在他的正对面，两根立柱间挂着的灯笼映照着他两分钟之前被赶出来的那所房子的白色大门。他坐到人行道上，背靠着环绕公园的栅栏。

一阵小雨开始落下。他竖起上衣的领子，观察着那所房子。

窗户突然一扇扇地打开。两边拉开的窗帘在微风下飘动，让他看见明亮的白色天花板。这意味着什么呢？节庆结束了？可没有人出来啊！几分钟前，他还在妒忌之火上受着煎熬，而现在他只感到恐惧，只为尚塔尔感到恐惧。他愿意为她做出一切，可是他不知道该做些什么，正是这一点他无法忍受，他不知道怎么去帮她，可他又是唯一能帮她的。他，只有他，因为她在这个世界上没有别人，世界上任何地方都没有。

他的脸上满是泪花，他站起来，朝房子走了几步，喊出她的名字。

49

七十多岁的老人手中拿了另一把椅子，停在尚塔尔前："您想去哪里？"

她惊讶地看着对面的他。在这一极度精神慌乱的时刻，一股强烈的热潮从她身体的深处涌上来，充溢她的腹部、她的胸部，覆盖住她的脸部。她全身是火。她全身赤裸，全身通红。落在她身上的那男人的目光，让她感觉到火热的裸身的每一寸皮肤。她机械地把手放到乳房上，仿佛想遮住。在她的体内，火焰很快就烧尽她的勇气和她的反抗。突然，她感到浑身疲惫。突然，她感到自己是弱者。

他搂着她，把她引向椅子，把他的椅子放在她面前。他们就两个人坐着，面对面地，靠得很近，坐在客厅的中央。

冰凉的穿堂风吹过尚塔尔汗淋淋的身体。她颤抖着，用一种轻弱、哀求的声音问："这里出不去吗?"

"您为什么不愿意跟我待在一起呢，安娜?"他用一种责怪的语气问她。

"安娜?"她吓得浑身冰冷，"您为什么叫我安娜?"

"这不是您的名字吗?"

"我不是安娜!"

"可我一直知道您叫安娜啊!"

从旁边的房间又传来几下锤子声;他朝那边转过头去，好像在犹豫要不要干预。她抓住这个自己一个人的机会试图弄明白:她已经赤身裸体，可他们还是要剥光她!剥掉她的自我!剥掉她的命运!在给了她一个别的名字之后，他们就把她遗弃到陌生人中间，向这些陌生人她永远无法解释她是谁。

她不再抱从这里出去的希望。门已被钉死。她必须谦虚地从头开始。所谓的头就是她的名字。她必须首先做到让对面的那个人喊她的名字，喊她真正的名字，这是最起码的。这是她会让他做的第一件事。她必须苛求他这么做。可她刚刚定下这一目标，就发现她的名字好像锁在她的脑海里了；她想不起自己的名字来了。

这让她达到恐惧的顶点，但她知道这是性命攸关的事情，为了自卫，为了搏斗，她必须以一切代价找回她的冷静。她极力集中精力，试着回忆起来：她有过三个洗礼名，对，三个，她只用了其中一个，这一点她知道；可这三个名字是什么，她又留下了哪一个呢？天啊，她应该听到过上千次这个名字了！

她又想到了爱她的那个男人。假如他在这里的话，他会叫她的真名的。也许她能够记起他的面孔来，她可以想象说出她名字的那张嘴。她觉得这是一条很好的线索：通过这个男人找到自己的名字。她试着想象这个男人，她又一次看到一个在人群中挣扎的人的侧影。这是一个淡淡的意象，飘浮不定，她试图保持住它，不光保持住，还加深它，将它向过去延伸开去：他是从哪里来的，这个男人？他怎么会在人群中呢？他为什么跟人打起来？

她试着扩展这一回忆。她眼前出现一个花园，大大的，旁边是座别墅，在许多人当中，她看到一个小个子男人，可怜兮兮的，她记起跟他有过一个孩子，对那个孩子她一无所知，只知道他已经死了……

"您在想什么，安娜？"

她抬起头，见到老人坐在她面前的椅子上，看着她。

"我的孩子死了。"她说。回忆太弱了；正因如此她大声地说；她想以此让它变得更真实，她想就这样留住它，就像留住正在流走的一段生活。

他俯身向她，拿起她的手，用一种充满鼓励的声音沉着地对她说："安娜，忘了您的孩子，忘了您的那些死者，想想生活！"

他朝她笑笑。接着他用手做个大大的手势，好像要指向一种博大和美妙的东西："生活！生活，安娜，生活！"

这个微笑和这个手势让她感到十分害怕。她站起身来。她在颤抖。她的声音在颤抖："什么生活？您把什么称为生活？"

她不假思索地说出的问题预示着另一个：难道这不就已经

是死亡？假如这就是死亡？

她摔倒椅子，椅子在地上滚几下，撞到了墙上。她想叫喊，可找不到任何词语。一声长长的、含糊不清的"啊啊啊啊"从她的口中发出。

50

"尚塔尔！尚塔尔！尚塔尔！"

他用双臂抱住她那被叫喊声震动的身躯。

"醒醒！这不是真的！"

她在他的怀中发抖，他又跟她说了好几遍，这不是真的。

她跟着他重复："不，这不是真的，这不是真的。"然后，慢慢地，慢慢地，她安静了下来。

于是我问自己：是谁做梦了？谁梦见了这个故事？谁想象出来的？是她吗？他吗？他们两人？各自为对方想出的这故事？从哪一刻起他们的真实生活变成了这凶险恶毒的奇思异想？是在列车下英吉利海峡的那一刻？更早些？那个她跟他说要去伦敦的早上？还要早些？在笔迹专家事务所里遇到诺曼底小城的咖啡馆招待的那一天？或者还要更早些？是让-马克给

她发第一封信的时候？可他真的放了那些信了吗？或者他只是在脑子里想象着写了？究竟确切地是在哪一刻，真实变成了不真实，现实变成了梦？当时的边界在哪里？边界究竟在哪里？

51

我看到他们两人的脑袋的侧面，被一盏小小的床头灯的光照亮着：让-马克的脑袋，脖子靠在枕头上；尚塔尔的脑袋，在他上面十厘米的地方俯看着他。

她说："我的目光再也不放开你。我要不停地看着你。"

接着，她停了一下："我怕我的眼睛眨。我怕在我那目光熄灭的一秒钟里，在你的位置上突然滑入一条蛇、一只老鼠，滑入另一个人。"

他试着抬起身来，用嘴唇去接触她。

她摇摇头："不，我只想看着你。"

接着又说："我要让灯光整夜亮着，每夜都亮着。"

一九九六年秋在法国完稿

情人的目光

弗朗索瓦·里卡尔

　　《身份》的读者首先会因昆德拉的这第九部小说，跟在此之前不久出版的《慢》那么相似而感到惊讶。同样的简短，同样分为五十一个小分段的结构，同样的剧情与所欲表述的内容的集中，同样的行文上的准确与简练。甚至在《身份》中的第一个场景——尚塔尔到达的那个外省旅馆——都让人想起在《慢》中剧情展开的那个城堡-酒店。

　　当然，这两部小说也有不同之处。最明显的就是每部小说的叙述调式或者说主导的调子的不同：在《慢》中沉浸着的是一种开怀大笑、一种强烈的讥讽，那些可笑的人物聚集在一起开一个昆虫研讨会；而在这部小说里，氛围要严肃得多，至少收敛许多，更具"隐私性"。其原因也许就是在其中占据中心的、几乎排除一切的位置的，是一对情人。同样，在《慢》中的时间与空间都极其紧凑（一个夜晚，一个场所），在这里则变成一个运动变化着的剧情，在好几个地方得到展开（诺曼底城市、巴黎、布鲁塞尔、伦敦），而且在时间上延伸为好几个星期，好几个月，这还不算那些众多的追忆，使人物的有些非常遥远的记忆也得以重新出现。

但我觉得这些区别跟这两部小说的相似之处相比显得不太重要，所以我认为《身份》，继《慢》之后，可以说在昆德拉的作品中又向前走了一步，我们可以称之为昆德拉小说的第二个周期，即"法国周期"，是对"捷克周期"的延续。《玩笑》一书开启了"捷克周期"，而《不朽》则显然已将这一周期完美地终结了。

这一新的周期具体会是什么样子，现在说当然太早了。从结构的角度来看，它的特点可能是会继续探索这一跟"捷克周期"中的小说形成反差的形式：简短。只有一层铺陈，人物与故事情节相对很少。但是，从主题以及它们的展开方式来看，要定义出这两个周期之间的区别就困难一些。因为在《身份》与《慢》中，有着同样的对存在的分析，以变奏曲的方式出现，而正是这种形式给那些用捷克语撰写的小说一种意义上的丰富性与美感。也许正是在这一点上可以看出这一新的周期文本的主要新颖之处和接受的挑战：在一个最小的空间里，容下最大的深度感、变奏以及语意上的复杂性；在一种极为集中的小说形式中注入一种充盈的意义，绵绵不断，让人无法"简述"。这一点跟昆德拉最后的一批"捷克小说"中的那些庞大的叙述机器一样。

《身份》从这一角度来看，是部杰作：在小小的一百多页当中，故事情节简单而有效，同时又有大量的片断与"意想不到的情节"，让读者跟在《笑忘录》或者《不能承受的生命之轻》中一样，又一次地进入思考，进行一种没有止境的主题漫游（或者说主题漫步）。

在这种漫游中，有两个人物做我们的向导。让-马克，特别还有尚塔尔。她是一个被怜悯的对象，也可以说是一种"叙述式爱情"的主角，使她成为昆德拉笔下那些最著名的女主角如塔米娜、萨比娜、阿涅丝、德·T女士等人的姐妹。还有几个主题与主题语为我们标明道路。这几个主题与主题语不断地重复，不断地受到质疑，从一个处境移到另一个处境，从一个人物移到另一个人物，直到它们的价值与意义层变得既纷繁不同又紧紧相连。任何对它们的内容进行简单而单义性的陈述都变得不可能，而且它们就像一首诗中的各个意象一样，成为构成一种新语言的元素。这种新语言纯粹是属于小说的，也就是说是多义性的，绝对无法传译的。当然，最明显的例子就是"身份"这一主题，整部小说就是以它为题目的，它成为一种星辰图像的中心，在这一星辰图中闪烁着一系列的主题，可以说都是"身份"这一主题在存在意义与探讨意义上的各个面：消失、月光、两张面孔、身体、名字、死亡。但还有一些别的东西——假如我们只举几个例子——成为不断出现的主题：梦、无聊、叫喊、唾液，尤其是红色，它不断地在尚塔尔的生活与意识中像一个神秘而具威胁性的符号一样地一闪一闪。

《身份》与《慢》还在另一点上相似，那就是对梦境叙述的借助。昆德拉在他的那些"捷克周期"的作品中，就自觉地运用这种叙述，这位《小说的艺术》的作者还把它看作是现代小说最伟大的发明之一，主要归功于卡夫卡。但一般来说，"捷克小说"只是片断性地使用这一手法，而且在现实与梦境之间的边界是非常清楚的。比方说，在《生活在别处》中，那些写"梦幻"人物克萨维尔的篇章跟写"真实"人物雅罗米尔的那些篇章是泾渭分明的。在《笑忘录》中塔米娜在孩子岛上的经历，或者在《不朽》中在歌德与海明威之间建立起的关联等，也都是这样。

从这个角度来看，随着这两部短短的小说的问世，一个明显的变化出现了。不光是梦境的一面，或者至少说对人物与事件的本体身份性的不确切程度越来越强，而且在（现实与梦境）两个领域之间的区别也越来越模糊。因此，在《慢》中，一方面，源自叙述者的思想的意象滑入了睡着的薇拉的梦中；同时，有两个故事，在同一地点，在同一个夜里，一起发生：一个是当代的，人物主要是参加昆虫研讨会的成员，另一个则来自十八世纪的维旺·德农。然而，在这两个故事之间，还残存着某种分界。当然，"真实"的世界与"不真实"的世界最后还是相遇了，因为最后文森特与骑士相遇了。但是这次相遇转瞬即逝，而且只在清晨时才发生：它标志着小说的结束。

在《身份》中，这种梦与真的混淆就走得远多了。我们见到的不再是两个对立的世界，而是一个世界渐渐地变成了另一个世界，一种"真实"在人们当时还没有意识到的情况下，开始变化，移向梦的领地（或者，更确切地说，走向噩梦）。我们来重读一下小说的头几页：海边的一个旅馆，沙滩上满是前来度假的人，一个女人来到这里等她的情人。总之，再没有比这更"正常"的了。我们再来重读一下同一部小说的结尾：在伦敦的一所房子里，窗户上挂着红色的窗帘，一群放纵的、幽灵般的群交者经过了奇特的一夜；有人在将门钉死，一个赤裸身体的女人躲到一间储藏室内，而且想不起她的名字来了；与此同时，在对面的大街上，一个身无分文的男子大喊了一声。这可是一个谵妄的世界，在这个世界中，那些正常的、"真实"的程式无法运转。在这两个场景之间，怎么可能一切就摇摆、崩溃了呢？发生了什么事情呢？人物身上究竟发生了什么？（叙述者插入说）"……从哪一刻起他们的真实生活变成了这凶险恶毒的奇思异想？……究竟确切地是在哪一刻，真实变成了不真实，现实变成了梦？当时的边界在哪里？边界究竟在哪里？"

这部小说的一大成功之处就是没有回答这个问题，从某种角度来说让它永远存有一个悬念。两种不同的叙述完美地结合在了一起，互相交融，让读者一下子醒悟到自己已在梦境之中，但又无法说清楚究竟这梦是什么时候开始的，甚至究竟它是否开始过。因为事实上，从一个世界到另一个世界的过渡是那么微妙，那么自然。"边界究竟在哪里？"当然。但我们也可以再问：真的有边界吗，有那么一个正常的现实止住而谵妄开始的点吗？在昆德拉的作品中，从来没有像在这里一样让人产生疑问。

假如说这种从现实向梦境的过渡只不过是一种技巧上的成功，那么它的意义还是有局限性的。在《身份》一书中真正显示出它的价值（以及它的美）的，是这种过渡直接为小说所要表达的内容服务，并让人看到任何一个别的手段、别的形式技巧所无法让人那么清晰地看到的东西。这小说所要说的东西，或者至少让我看来成为整部小说的最有力的语义中心的东西，就是"脆弱性"这一意象。当然有身份的脆弱性，但也有（而且是更深刻意义上的）爱情的让人难以忍受的脆弱性——而同时也是爱情的无穷的力量。

事实上，《身份》与昆德拉的大部分作品一样，可以看作是对爱情的思考。从很多方面来看，这是对一个原有的叙述元素的重新使用。这一叙述元素在《好笑的爱》的第三篇短篇小说《搭车游戏》中已经出现：一个男人，出于游戏目的，并为了向一种他认为是他所爱的女人的欲望作出回应，让她经历了一次"体验"，对她的爱进行考验。但在《搭车游戏》与《身份》之间，还是存在一种很大的差别：在《搭车游戏》中，搭车的女人以及她的伴侣都是没有什么经验的年轻人，而让-马克与尚塔尔则都是已经有过生活的情人。我们不知道尚塔尔的确切年龄，但她比让-马克要大四岁，而让-马克又明显已不再是一个年轻人；而且她已到了被人称为"更年期"的年龄。

一句话，尚塔尔是个成熟的女人。她跟让-马克之间的关系对她来说绝非像初恋那样既盲目又抒情。她已进入爱情的第二春，这样的爱情就好像是超越于爱情之上的，或者是处在爱情的边上。她不寻求激情或者性高潮，也不寻找什么可以让她突破自我局限的疯狂的色情行为。相反，她在让-马克身旁找到的是一种空间，在这个空间里，她可以安静地成为她自己，既清醒又平和。在小说中，就在匿名信情节出现之前的一个场景，很生动地表现这一点：

"（她已经）跟让-马克一起生活了好多年，有一天跟他一起来到了海边：他们在露天用晚餐，坐在一个搭在水上的木板阳台上。在她的记忆中，那是一片白色：木板、桌子、椅子、桌布，一切都是白的。路灯柱漆成了白色，在夏日的天空下，灯光也是白色的。天还没有全黑下来，天上的月亮也是白色的，将周边映得一片白。"

这一"白色的沐浴"对尚塔尔来说，正是她对让-马克的爱的氛围与意象。但是，在这一场景中让人心动的（这一场景也有点梦境的意味），是它也可能表现了死亡，或者至少是一个处于时间之外的领地。在那里，生活就像是悬空了一样：白色、宁静、静止、月光投射下的半是黑夜的氛围；在那里，任何色彩、任何运动、任何激情仿佛都被抹去了，被遗忘了。而就在这什么都不在了的氛围之中，只剩下了两个人，跟一切都隔绝，相对而视，害怕丢失了自己。

因为这就是让-马克与尚塔尔的爱情：一个在世界边缘安排出的空间，远离生活，实际上跟生活相对立，所以是一种"异端行为，是对人类共同体不成文的法令的违背……"这一对情人的爱情，他们各自相对于对方的"绝对的在场"，实际上是一种"不在场"，是一种逃避，甚至对包围着他们的世界而言，是一种背叛。

逃兵。尚塔尔是一名高贵的逃兵。从她的儿子去世之后，在她身上的一切就都是决裂以及有意识的流放。她不光遗弃了她的丈夫与她的家庭，还遗弃了一切从外部（社会）或者从内部（她年轻时代的梦想）逼着她以某种方式去行动、去生活、去思想或者去感受，并就此将她跟世界与生活的喜剧拴在一起的东西。从此以后，她就属于昆德拉的那小小的人物画廊中的一员，面临着生活（尤其是现代生活）的深深的、无穷无尽的玩笑，不再接受游戏规则，而选择了逃避，躲藏起来，远离尘嚣，远离或者来自他们同时代的人，或者来自自身的鬼脸，也就是远离他们自己身上需要别人、需要这个世界才得以生活的那个部分。

一个失落了的人在这样隐退、消失之后，就不再具有身份。尚塔尔不光感到并希望从他的儿子那里解脱出来，而且还感到并希望从自己身上解脱出来，从她的过去、她的身体、她的年龄以及她的职业对她的要求那里解脱出来。但是，更深层的是，她已离开了身份的领地，也就是说那个每个人都必须展示一张面孔并为之捍卫到死的世界。有时为了做到这一点，可以不惜一切骗术。让-马克清楚这一点，他有时为之而痛苦：

尚塔尔有好几张面孔，她不能也不愿在其中做出选择，事实上，这也就是说她不想有任何一张面孔，不想有任何别的面孔，除了她决心要有的那一张；她不想有任何别的身份，除了她选择了要躲到里面的那一个：成为让-马克的爱情的目光的对象，成为情人、被爱的人。

事实上，对尚塔尔来说，让-马克的爱是一所可以隐居的房子，在里面她可以不再属于这世界，完全脱离她的过去。维旺·德农的情人们说，没有明天；尚塔尔可以再加上一句：没有昨天，也没有别处。这就是为什么，跟让-马克坐在阳台上，身处白色的包围之中，她可以那样幸福地"品味毫无艳遇这一事实"以及在她心中的年轻时代的玫瑰的凋谢。在《被背叛的遗嘱》中我们可以读到，"生活，就是一种永恒的沉重的努力，努力使自己不至于迷失方向，努力使自己在自我中，在原位中永远坚定地存在。"坐在阳台上，在让-马克的目光的包容下，有那么一刻，这种"沉重的努力"松懈了，尚塔尔可以在她唯一承认的身份中休憩。

然而，这一幸福的休憩，正是脆弱性的本身。尚塔尔不断地感到威胁着它、要摧毁它的攻击。最经常性的攻击来自她自身的身体、她的梦、她的红晕以及那些让她厌恶的阵阵热潮，因为它们使她不得不服从于她已经逃离的生活。但最坏的考验来自她的情人本人：于是就有了那些署名为 C. D. B. 的信的片断。

　　当尚塔尔说男人们不再看她了的时候，让-马克一开始没有明白她那些话的意思。他以为给她写那些充满欲望的信会让她高兴。谁知，事实上，他就这样扰乱了他们爱情的脆弱的平衡，因为他诱使（甚至逼迫）尚塔尔采纳一种身份，摆出一张她已经不愿意再有的面孔，也就是一个不愿意衰老的、绝望地抓住别人的目光以确信自身的存在与美丽的女人的身份。爱情对她来说原是一个被白色笼罩着的宁静的大阳台，他却让她去穿上红色，投身到一些艳遇之中，而这些艳遇一直将她引至自身的消失，也就是说再也看不见所有那些让她成为自己的东西：对世界的拒绝以及让-马克的爱。

尚塔尔唯一需要的目光，从中她唯一可以认出自己真正的面孔的，是他包容住她的目光。这一目光是她的房子，她的隐蔽之所，是她身份的外壳。通过这一目光，她可以逃避所有窥伺她、判断她，将她缩减为仅仅是她的身体的目光。一旦她出了这一保护的目光的范围，她身上的一切就都垮了，魔鬼就开始来吞没她，现实崩溃了，她忘掉了自己的名字，坠入噩梦之中。

在《搭车游戏》的结尾，受到惊吓的年轻女子对她的伴侣喊道："我是我，我是我，我是我……"在《身份》的结尾，尚塔尔从她的伦敦艳遇中醒过来时，对让-马克说："我的目光再也不放开你。我要不停地看着你。"

因为这就是超越于爱情之上的爱：两个人的眼睛再不移开，因为他们知道各自的身份就包容、隐藏、寄存在对方的目光中，那脆弱的目光将他们连在一起，并在他们身旁形成一个代表着他们的孤独和幸福的白色阳台。

Milan Kundera

L'identité

Copyright © 1997, Milan Kundera

Afterword Copyright © 1997, François Ricard

All rights reserved

All adaptations of the Work for film, theatre, television and radio are strictly prohibited.

图字：09-2003-460 号

图书在版编目(CIP)数据

　　身份/(法) 米兰·昆德拉著;董强译. —上海：
上海译文出版社,2022.5

　　ISBN 978-7-5327-8994-8

　　Ⅰ. ①身… Ⅱ. ①米… ②董… Ⅲ. ①中篇小说-法
国-现代　Ⅳ. ①I565.45

　　中国版本图书馆 CIP 数据核字(2022)第 055064 号

身份	MILAN KUNDERA	出版统筹	赵武平
	米兰·昆德拉　著	责任编辑	缪伶超
L'identité	董强　译	装帧设计	董茹嘉

上海译文出版社有限公司出版、发行
网址：www. yiwen. com. cn
201101　上海市闵行区号景路 159 弄 B 座
苏州市越洋印刷有限公司印刷

开本 890×1240　1/32　印张 6.5　插页 2　字数 67,000
2022 年 9 月第 1 版　2022 年 9 月第 1 次印刷

ISBN 978-7-5327-8994-8/I·5588
定价：50.00 元